1万人の女優を脱がせた男

新堂冬樹

幻冬舎文庫

1万人の女優を脱がせた男

プロローグ

「次の方、どうぞ」

ツーブロックの七三にスカイブルーのスーツ——白革のハイバックチェアに座った花宮湊(はなみやみなと)は、二十五番目の面接の女性を促した。

ロングテーブル越しに立つ女子の全身を、湊は素早くチェックした。

「佐倉梨乃(さくらりの)です」

女子——梨乃が自己紹介をした。

ショートの茶髪、荒れた肌、腫(は)れぼったい一重瞼(ひとえまぶた)、肉厚な鼻翼……企画物でも無理だ。

湊はタブレットPCのプロフィール写真と目の前の女性を見比べ、心でため息を吐(つ)いた。

顔には出さなかった。

職業柄、女性を不快にさせる言動はしないように心がけていた。

さりげなく、体に視線を移した。

顔と違いバストのほうは、プロフィールに申告してある通り八十七センチのＤカップに偽りはなさそうだった。

だが、五十七センチの申告とは程遠いウエスト周りは、ワンピース越しにも余裕で摘(つ)まめそうな浮き輪肉が目立っていた。

七十二センチというところか。

本人申告では体重は五十五キロとあったが、十キロはサバを読んでいる。

中途半端な体重だった。

顔がだめでも八十キロを超える重さがあれば、デブフェチの企画物に使える可能性はあったが、この体重では無理だ。

湊が生まれた年の三十年前のＡＶ業界なら、もっと体重を増やせばデブ専の企画物に出してやると言っても問題なかっただろうが、コンプライアンスで雁字搦(がんじがら)めの令和では一発でセクハラになる。

六十五キロが、だめだと言っているわけではない。

顔がよければぽっちゃりは日本人の好物なので、稼げる女優になる可能性はあった。

つまり、彼女は顔も体も失格——金になる要素がなかった。

「志望動機はなに？」

湊は①を質問した。

②から⑧までは訊く必要はない。

本当は①の質問も不要だったが、さすがに質問なしで帰すわけにはいかない。

「AVをきっかけに、アイドルになりたくて応募しました」

梨乃が瞳を輝かせた。

ここ数年、AV女優がセクシー女優と呼ばれるようになってから、芸能界入りの踏み台にしようと考える女子が増えた。

敏腕プロデューサーがセクシー女優を集めてプロデュースした、「代官山ピーチ」がきっかけだった。

「代官山ピーチ」はCDデビューを果たし、バラエティ番組に引っ張りだこになった。

写真集を発売すれば三十万部のベストセラーになるメンバー、Instagramのフォロワーが五十万人を超えるメンバー、大河ドラマに出演するメンバー……それまでは偏見の対象だったセクシー女優が「代官山ピーチ」の活躍以降、女子の憧れの的になった。

「代官山ピーチ」の活躍のおかげで、ＡＶメーカーに応募してくる女子の数が飛躍的に増えた。

昔から応募してくる者はいたが、ほとんどは借金返済か男に貢ぐのが目的だった。

いまは、お金に不自由していない裕福な家庭の女子大生でも応募してくるようになった。

女子のレベルも高くなった。

モデルや女優顔負けの容姿をした女子に加え、元アイドルが応募してくることも珍しくなかった。ただし、「代官山ピーチ」のような存在になるのは稀有な例だ。

「ありがとう。採用になれば、三日以内に連絡するから」

嘘――採用する女子にはこの場で告げ、一分でも早く契約書に署名させる。

レベルが高くなればなるほど競争相手が多くなり、ほかのメーカーに奪われてしまう可能性が高くなるのだ。

「もう、終わりですか？」

梨乃が拍子抜けした顔で訊ねてきた。

「応募者が多いので」

湊は笑顔で言うと、ドアロに立つスカウトリーダーの将司に目顔で合図した。

これは、嘘ではなかった。

ホームページから応募してきた女子以外にも、将司のスカウト部隊が発掘した女子も面接にくるので、多い日は五十人を超える。

今日も既に二十五人の面接をこなし、二十人以上の女子が隣室で順番を待っていた。

将司は湊より五歳下の二十五歳で、AVメーカー「スターカラット」のスカウトマンのトップとしてダイヤの原石を探している。

だが、昔と違い街頭でのスカウト活動は迷惑防止条例等の規制が厳しくなったので、ここ数年はInstagramやTikTokで原石を探し、DMでスカウトメッセージを送るというのが主流になっていた。

最近は写真や動画の加工技術が発達しているので、実物とのギャップは見極めなければならないが、見抜く目さえ養えば街頭でのスカウトよりも遥かに効率がいい。

なので将司達スカウト班は、昼食とトイレ以外はパソコンの前に座っていることが多い。

スカウトマンの給料は二十五万円の基本給と、スカウトした女子の契約が成立すると契約金の十パーセントが支払われるスタイルになっている。

年間十本以上の複数契約を結べるレベルの原石を発掘すると、契約金は一億円を超えることもあった。

スカウト班は狩場が同じなので、将来のスターをほかのスカウトマンに奪われまいとみな必死になってSNSをチェックしていた。

「失礼します」

梨乃が不服そうに席を立ち、ドアに向かった。

入れ替わるように、褐色の肌に茶髪のセミロングの女子が室内に入ってきた。

ベージュのキャミソールドレスが、ギャル感を際立たせていた。

AV業界で、ギャル物は根強い人気がある。

本物のギャルをそのままデビューさせることはもちろん、ギャルの髪を黒くして清純派にすることもあれば、清純派の肌を焼き髪を明るくしてギャルにすることもある。

それは、制作側の眼力と腕次第だ。

ギャルだからギャル物に出せば売れるというほど、単純な世界ではない。痴女物でブレイクしている女優の多くがプライベートのセックスではMだというのも、この業界を表している。

「篠宮璃々です」

湊は、タブレットPCのプロフィール画像に視線を落とした。

璃々は応募ではなく将司のスカウトだ。

切れ長の眼に掌におさまりそうな小顔……将司がスカウトしただけあり、璃々は梨乃とは比べ物にならないほどの美形だった。

うまく磨けば、単体女優デビューも目指せる素材だ。

だが、複数契約を結べるほどの逸材ではない。

特Aランク、Aランク、Bランク、Cランク、Dランクで言えば、Bランクといったところだ。

複数契約を結べるほどのレベルは特Aランク、単発契約だが単体女優デビューできる容姿の持ち主はAランク、そして、璃々のBランクは容姿は優れているが単体女優デビューが確定するほどのレベルではない素材だ。

因(ちな)みにCランクは企画女優レベル、Dランクは企画女優にもなれない論外の素材だ。

「あ、そのまま」

湊のテーブルの前の椅子に座ろうとする璃々を止めた。

「え？」

璃々が怪訝(けげん)そうに湊を見た。

「スタイルを見るから、ゆっくり回って」

湊が命じると、璃々が回転した。

スタイルというよりも、正確には全体のバランスを見ていた。

同じ百六十五センチで体重が五十キロの女性でも、九頭身と七頭身では雲泥の差だ。

全体のバランスは悪くはなかったが、骨太で肩幅が広いのがマイナスポイントだ。

男は、ぽっちゃりは許せても、ガッチリした女子をあまり好まない傾向にある。

「座って。プロデューサーの花宮だ」

湊は、席に着いた璃々に名刺を差し出し自己紹介した。

単体女優レベルに手が届きそうな彼女には、梨乃と違って名刺を出す価値がある。

「これからいくつか質問するので、すべてに答えてくれるかな？　ＡＶに出演するということは、生半可なことじゃない。僕のする質問に答えられないなら、この世界でやってゆくのは無理だから。大丈夫かな？」

将司から提出されているプロフィールには、氏名、年齢、住所、携帯番号、仕事、家族構成、親の仕事、彼氏・配偶者の有無、結婚歴の有無、身長、体重、スリーサイズ、趣味、特技は既に記入してあった。

これらは、普通の芸能プロダクションでも聞かれることだ。

大勢のスタッフに囲まれたカメラの前でセックスをするのが仕事の「スターカラット」の質問は、ここからが本番だ。

「はい。大丈夫です」

璃々が即答した。

「志望動機は？」

「お金です。私、アパレルメーカーのオーナーになるのが夢なんです」

夢を叶えるためにAVに出演する……昔では、考えられないことだった。

②の、この質問からが本題だ。

「彼氏の年と交際期間と職業は？」

「私より三つ上だから二十四歳で、半年で、キャバクラの黒服です」

「彼氏は、君がＡＶをやろうとしてることは？」

「とんでもない！　言ってません」

璃々が慌てて否定した。

「親バレはＯＫ？　ＮＧ？」

「ＮＧです！　バレたら殺されます！」

璃々が顔を強張（こわば）らせた。

彼氏と父親を、最も警戒しなければならない。

デビューが決まり、彼氏や父親にバレて乗り込まれることは、どこのメーカーにとっても頭痛の種だ。

もちろん説得するが、一筋縄ではいかない。

娘や恋人がカメラの前で知らない男とセックスするのだから、反対するのも無理はない。

企画女優ならいくらでも代わりはいるし、たいした広告費はかけていないので相手次第では引いてもいいが、単体女優となればそうはいかない。

既に多額のプロモーション費用もかかっているし、なにより十数億円を稼ぐ可能性のある宝を失うのは痛過ぎる。

契約書を交わしているので先行投資した費用は当然請求するが、厄介なのは父親や彼氏が反社会的な仕事をしている場合だ。

父親や彼氏の仕事を、ヤクザと正直に書く者はまずいない。

後にトラブルにならないように、湊は単体女優候補の身辺調査は徹底的にしていた。

とくに、父親や彼氏の職業で、金融業、不動産業、建設業、飲食業、コンサルタント業という職種には警戒が必要だ。

過去の経験上、これらの職種は一般の企業を装った企業舎弟という可能性が十分に考えられた。

「彼氏とのセックスの頻度は？」

「週に一回くらいです」

「体位はなにが好きでなにが苦手？」

「え……」

それまで即答していた璃々が、初めて返答に詰まった。

「勘違いしないように。好奇心で、訊いてるわけじゃない」

湊は淡々とした口調で言った。

感情のない質問のしかたのほうが、女子は答えやすいからだ。

「……好きな体位は正常位で、苦手な体位はバックです」

たいていの女子は正常位が好きで、バックが苦手だという。

正常位が好きな理由は、彼氏の顔が見られるからだ。

バックが苦手な理由は、顔が見えないこと以外にもいくつかあった。

膣（ちつ）が上付きで後ろからの挿入に痛みを感じるケースと、支配されているようで不快感を覚えるケースだ。

逆に支配されている感じが好きで、バックを好む女子も多い。

湊の仕事は、目の前の女子の容姿だけでなく、性格と性癖を見抜きセックスをしたときに最大限の魅力を発揮させることだ。

「フェラの有無は？」

「あります」

「精子飲んだことは？」

「……あります」

「オナニーの有無は？」

「……あります」

「オナニーの頻度は？」

「週三回……くらいです」

「電マ、ローター、バイブの経験は？」

「……みんなあります」

「好きな順番は？」

「……ローター、電マ、バイブです」

璃々が頬を赤らめ、蚊の鳴くような声で言った。

すべてが必要な情報だった。

フェラはＡＶでは外せないシーンだ。

経験者でテクニックがある女子と、未経験者でぎこちない女子とではシナリオが変わる。

オナニーのやりかたを訊くのも同じ理由だ。

指か電マかローターかバイブか、それともすべていけるのかの判断材料にするのだ。

女子は大別すると、外派と中派に分かれる。

外派の女子をバイブで責めても感じたふりの演技になり、リアリティがない。

逆もまた然りだ。

最近の視聴者の目は肥えているので、演技はすぐに見抜かれてしまう。

リアリティのある作品にするためにも、女優候補の快感のツボは把握する必要があった。

精子飲み――いわゆるゴックンシーンもマニアが多い。

だからといって、未経験者にいきなりやらせるわけにはいかない。

Ｍキャラとして虐げる作りの作品でも、二十年前ならいざ知らず、コンプライアンスが厳しいいまの時代、訴訟問題に発展する可能性があった。

最初にＮＧプレイは訊くが、それでも女優に訴えられたらメーカー側が不利になる。

「いままでの経験人数は？」

「三人です」

「潮を吹いたことは？」

「ありません」

「性感帯は？」

「……クリトリスです」

「NGプレイは？」

「アナルセックスと複数プレイと肛門を舐めることです」

「アンケートは以上。最後に服を脱いでもらうことは、聞いてるよね？」

湊は璃々に確認した。

面接の最後に、全裸のチェックと写真撮影をすることは全員に伝えてあった。

逆に言えば、全裸になれなければ面接を受けることはできない。

もっとも、脱がせるのは合格の可能性がある女子にかぎる。

梨乃のような、不合格確実の女子の裸は見る必要もない。

璃々が強張った顔で頷いた。

「もし抵抗があるなら、脱がなくてもいいよ」

湊は言った。

助け船というより、トラブル回避のための保身だ。

事前に面接する女子に告げているとはいえ、あとから、強制的に脱がされた、と訴えられれば厄介なことになる。

「いえ、大丈夫です」

「じゃあ、化粧室で。中にガウンがあるから」

湊はトイレに右手を向けた。

璃々がトイレに入るのを確認した湊は、ドア口に立つ将司を手招きした。

「彼女、きてるよな？」

湊は、タブレットＰＣのディスプレイ——清水彩未のプロフィール画像を指差した。

「はい。五人目です」

将司が言った。

「画像は盛ってないか？」

湊は彩未の画像に視線を向けたまま訊ねた。

黒髪ロング、垂れ目の二重瞼、整った鼻梁、ぽってりした唇、新雪のような白い肌……彩未のルックスは、国民的アイドルグループのメンバーと説明されても疑わないレベルだった。

プロポーションはデータによれば、身長百六十五センチ、体重五十五キロ、B86、W57、H86となっていた。

港区高輪在住、年は二十一歳、白鳥女子大学、父親は開業医。

彼氏はありで、一人っ子だ。

実物が画像と遜色ないレベルなら、五年、いや、十年に一人の逸材かもしれない。

「盛ってません。っていうか、実物のほうがいいくらいです」

将司が即答した。

「そうか。問題は、彼氏だけだな。彼氏は、なにをやってる奴か聞いてないか？」

湊は訊ねた。

「逃したくなかったので、敢えて彼氏関連のことは訊いていません」

将司の判断は正しかった。

彼氏のことを詮索したのが理由で、面接をドタキャンされる可能性があった。

別れさせるのは、契約を固めてからでも遅くはない。

「清水彩未を呼んでくれ」

「え？　でも璃々の全裸チェックが……」

「ガウンを着せて隣室で待たせておけ」

湊は将司を遮り言った。

璃々もそこそこのレベルだが、彩未には遠く及ばない。

璃々は逃しても、彩未だけは逃すわけにはいかなかった。

「わかりました」

将司が踵を返し、ドアの向こう側へと消えた。

それに少しでも早く、実物を確認したかった。

ほどなくして、将司が戻ってきた。

将司の背後の女子を見たときに、湊の血潮が騒いだ。

ウエストが括れた淡いブルー地に白の水玉模様のベルトブラウス、フリルのロングスカート……露出の少ない清楚なファッションだが、スタイルのよさは一目瞭然だった。

身長百六十五センチ、体重五十五キロ、B86、W57、H86というプロフィールデータに偽りはなかった。

ロングスカートの裾から覗く脛が細く腰の位置が高いことから、脚線美の持ち主だということを期待させた。

「清水彩未です。よろしくお願いします」

彩未が、控えめに微笑みながら湊をみつめた。

濡れた漆黒の瞳に、思わず吸い込まれそうになった。

不意に、湊の鼓動が早鐘を打ち始めた。

二十二歳から八年間この仕事を続けているが、面接の女子を見て心臓が高鳴ったのは初めてのことだった。

将司がトイレから出てきた璃々を促し、フロアから出るのを待った。

「とりあえず座って」

湊は感情の昂りを悟られないように、平静を装い彩未に着席を促した。

「失礼します」

彩未が断りを入れ、椅子に腰を下ろした。

礼儀正しいところも合格だ。

ＡＶ業界はルックスとスタイルがよくて人前でセックスできるなら、人間性など関係ないと思われがちだが、とんでもない誤解だ。

三、四十年前までならいざ知らず、いまやＡＶの世界も芸能界と同じで素行が悪い女優は干されてしまう。

「早速だけど、いろいろ質問するよ。志望動機は？」

「小さい頃から芸能界でお仕事をするのが夢で、スタートラインに立つために挑戦しようと思いました。こんな動機は不純でしょうか？」

遠慮がちに、彩未が訊ねてきた。

「いや、そんなことないよ。最近は芸能界へのステップとしてＡＶ業界に入ってくるコも増えているし、君のクオリティなら資格はあるんじゃないのかな」

本音だった。

透明感、ルックス、スタイル……すべてが及第点を大きく上回る彩未クラスなら、芸能界でも十分に通用する。

演技を磨けば、女優としても連ドラのレギュラークラスは狙えるだろう。

ただし、それは端（はな）から芸能界を目指した場合だ。

ＡＶを挟んだことで商品価値が下がり、人気が出て芸能界に転身しても地上波のプライムタイムへの出演は厳しい。

ポルノ紛い(まが)の低予算の配信ドラマか、深夜の下種(げす)なバラエティ番組が関の山だ。

理由は明白だ。

プライムタイムのドラマやバラエティ番組は大企業のスポンサーが提供しているので、セクシー女優は弾かれてしまうのだ。

もちろん、湊は彩未に現実を告げるつもりはなかった。

湊の仕事は、ＡＶ業界に新たなスターを生み出すことだった。

「本当ですか!?」

彩未の瞳が輝いた。

「ああ、本当だよ。そのためには、まずはこの世界でトップを取らなければね」

湊は、彩未の士気を高めるために目標を掲げた。

士気を高めるためであっても、ハイレベルな素材でなければ餌はぶら下げない。

彩未は、そこまでする価値のある原石だった。

「じゃあ、質問を続けるよ。彼氏の年と交際期間と職業は？」

「年は二十八歳で、交際期間は三年で、職業は自営業です」

湊の勘に、交際期間と職業が引っかかった。

まずは、三年という長い交際期間をどう取るかだ。

湊の経験で言えば、結婚を見据えた順調な関係か、別れを意識し始めた倦怠期の関係かのどちらかだ。

ＡＶ出演の面接にきたことを判断材料に入れれば、前者ではないだろう。

少なくとも、彩未は尻軽なタイプには見えないので、ＡＶに出演する以上は彼氏と別れる覚悟をしている可能性は高かった。

本当はすぐにでも確認したいところではあるが、その質問は後回しだ。

焦りは禁物――釣り上げる寸前に大魚に逃げられたら元も子もない。

「自営業は、どんな職種？」

湊は、もう一つの気になっている質問をした。

反社会的組織の人間が、職業欄に自営業と書くことは常識だ。

彩未がヤクザや半グレとつき合うことは考えづらいが、薬物と同様に身体検査は入念にやらなければ、後々大変なトラブルに発展する恐れがある。

「ウェブデザイナーです」

彩未の返答に、湊はほんの少し安堵した。

職種が金融業や不動産業だったら、反社会的組織の確率は高くなるからだ。

「彼氏は、君がAVをやろうとしてることは知らない？」

「はい、もちろん内緒です」

彩未が即答した。

やはり、極秘裏に彼氏の身辺調査をして、なんらかの手を打つか保険をかけておく必要があった。

彩未クラスのデビューになれば、億単位の金が動く。

あとから彼氏にバレて、万が一、訴訟問題にでも発展すれば面倒なことになる。

「連絡はしないから、彼氏の名前と会社名と住所を訊いてもいいかな？」

「どうしてですか？」

初めて、彩未が怪訝な表情になった。

「稀に応募者の彼氏が反社会的組織に属している場合があるので、知り合いの調査会社に仕事をしてもらう。本人にはバレないから安心してくれ。もしそれを拒否するなら、君は不合格だ」

一か八かの賭け――危険を冒してでも、彼氏の情報は必要だ。

「いえ、大丈夫です。いま、彼の会社のサイトを送りますね。スカウトの方のＬＩＮＥでも大丈夫ですか？」

「ああ、いいよ」

スカウト――将司のＬＩＮＥだ。

「送りました」

「じゃあ、続けるよ。親バレはＯＫ？　ＮＧ？」

「ＮＧです」

食い気味に彩未が答えた。

「彼氏とのセックスの頻度は？」

「二ヶ月に一度くらいです」

湊は、心でほくそ笑んだ。

このセックスの頻度は、二人が倦怠期にあることの証拠だ。

「好きな体位は？」

「……立ちバックです」

彩未の声のトーンが急に落ちた。

てっきり正常位と答えると想像していた湊は、立ちバックというアグレッシブな体位を好む彩未のギャップに、不覚にも勃起してしまった。

これまでに一万人近い女子を面接してきたが、欲情したのは初めてだった。

驚愕(きょうがく)と動揺が、湊の胸に広がった。

「苦手な体位は？」

湊は内心の興奮を押し隠し、淡々と訊ねた。

「アナルとかのアブノーマル以外なら大丈夫です」

彩未の口からアナルという言葉が出ただけで、下半身に血液が集まった。

彼女は間違いなく売れる――ボクサーブリーフの中で脈打つペニスが代弁した。

「フェラの経験は？」

「あります」

「精子を飲んだことは？」

「あります」

「お掃除フェラは知ってる？」

湊はアンケートにない質問をした。

完全に、個人的興味だった。

「……はい、知ってます」

躊躇いがちに、彩未が言った。

「お掃除フェラをしたことは？」

「……毎回……します」

彩未が耳朶まで紅色に染めながら、か細い声で言った。

清楚な美少女が、射精して精液塗れになったペニスを毎回しゃぶっているとは……。

彩未が精子の残滓を一滴残らず吸い取る光景を想像しただけで、湊のボクサーブリーフの股間が濡れた。

「オナニーの有無は？」

「します」

「頻度は？」

「週六回……くらいです」

はにかみながら、彩未が言った。

週六……。

顔に似合わず、彩未はかなり性欲が強い。

彼氏が二ヶ月に一度しかセックスをしてくれないのが、原因なのかもしれない。

「電マ、ローター、バイブの経験は?」

「……みんな経験済みです」

彩未の顔は、真っ赤になっていた。

恥ずかしがっているくせに、ほぼ毎日自慰行為に耽り、アダルトグッズ御三家をすべて使用しているとは……彩未は男子が欲情する女子のツボを完璧に押さえていた。

「好きな順番は?」

「……バイブ、電マ、ローターです」

女子にしては少数派の中派……彩未は、正真正銘のセックス好きな女だ。

さあ、次が重要な質問だ。

「いままでの経験人数は?」

「いまの彼氏一人です」

湊は眼を閉じた。

感激と興奮が顔に出ないように、平常心を掻き集めた。

バイブ、電マ、ローターを使った週六回のオナニー、好きな体位は立ちバック、射精したペニスを毎回お掃除フェラ……行為自体を聞くと経験人数は豊富に思えるが、現在の彼氏一人だけ。

清水彩未は、ギャップの女神だ。

是が非でも、彩未と専属契約しなければならない。

璃々の全裸チェックを後回しにして正解だった。

「ちょっと待ってて」

質問の途中で、湊は席を立った。

目顔で将司に合図を送り、フロアを出た。

「さっき、清水彩未の彼氏の会社のサイトが、お前のＬＩＮＥに送られてきただろう？」

「ああ、これ、彼氏の会社のサイトだったんですね。いきなり送られてきたから、なにかと思いましたよ。いつものように、反社かどうかを調査すればいいんですね？」

将司が確認してきた。

「それだけじゃない。彼氏を徹底的に調べて、弱みを探すんだ。女、借金……なんでもいい。彼氏が言いなりになるようなネタを探してくれ」

「え？　どうして、そんなことをするんですか？」

将司が訝しげな顔で訊ねてきた。

「害虫を駆除するためだ」

セックスが二ヶ月に一度の倦怠期であっても、彼氏が嫉妬深く彩未を所有物のように思っている可能性があった。

災いの芽は、早めに摘んでおかなければならない。

「あ、ああ……なるほど。彩未と彼氏を別れさせるんですね？　でも、ネタがなかったらどうします？」

「作れ。頼んだぞ」

湊は短く命じ、フロアに戻った。

あとは、彩未の全裸チェックだ。

ここで大きな期待外れがなければ、十億円プレーヤーの誕生も夢ではない。

ダイヤの原石を手中におさめるためならば、悪魔にでも鬼神にでもなるつもりだった。

☆

張りのある釣鐘形の乳房、薄ピンク色の小さな乳輪、ツンと上を向いた乳首、滑らかな白い肌、括れたウエスト、細過ぎず太過ぎないすらりと伸びた長い足……ハイバックチェアに背を預けた湊は、目の前で恥ずかしそうに立つ全裸の彩未に見惚れた。

デビューしなかった女子も含めると一万人近い裸を見てきた湊だが、これほどの上玉は過去に数人しか見たことがない。

その数人は、みな年収一億円以上を稼ぎ出すSクラスの単体女優となっている。

しかも、整形だらけのAV女優が多い中、彩未は顔も胸もイジっていなかった。

仕事柄、整形しているか否かはすぐに見抜けた。

眼や鼻はもちろん、胸も水着越しでもわかる。

シリコンが主流だった昔に比べ、近年は太腿や腹部の脂肪を胸に注入する方法なので、見た目はナチュラルにはなった。

だが、それでも湊の眼は欺けない。

天然の乳房はどんなに形がよくても、ふとした動きで崩れる瞬間があるのにたいし、豊胸した乳房は激しく動いても不自然なほどに整っている。

「後ろを向いて」

湊は短く命じた。

彩未が背中を向けた瞬間、湊はため息を吐いた。

シミ一つなく贅肉のない背中、キュッと上がった桃のような尻……正面がよくても背面が残念という女子も多いが、彩未は後ろ姿も完璧に近かった。

「こっち向いていいよ」

彩未の頰は羞恥に赤く染まり、垂れ気味の大きな瞳は潤んでいた。

「手を外して」

湊が命じると、彩未は股間を隠していた両手を躊躇いつつも外した。

薄い毛の逆三角形の茂み――パイパンにしていないことに、好感が持てた。

「恥ずかしい？」

湊が訊ねると、彩未は赤らんだ顔で頷いた。

「その気持ちを、いつまでも失わないでほしい」

湊は言った。
彩未が、きょとんとした顔になった。
その顔が、欲情を煽り立てた。
男心とは不思議なもので、服を脱がせたいくせに協力的だと冷めてしまう生き物だ。
「服を着ていいぞ」
湊は言うと、トイレを指差した。
彩未は胸と股間を隠しながら、背を向けた。
全身に震えが走った。
湊に富と名声を運んでくれる原石を発掘したことに……。

1

表参道の裏路地——打ちっ放しのコンクリート壁のビルの前で、パッセンジャーシートに湊を乗せたアルファードが停車した。

「この建物の三階が、西島の事務所です」

ポニーテールにしたロン毛に黒縁の伊達メガネ——ドライバーズシートに座る将司が、フロントウインドウ越しにビルを指差した。

「一時五十分……あと十分か。本当に、出てくるのか?」

湊は将司に訊ねた。

「ええ。神山の報告では、平日の午後二時に欠かさず『シェスタ』にタブレットを持ち込み、アプリハントをするのが日課だそうです」

将司が呆れた顔で肩を竦めた。

神山は、「スターカラット」の調査部の人間だ。

「筋金入りだな。行こうか」

湊は言うと、ドアを開けた。

「どこにですか？」

将司が、怪訝な顔で訊ねてきた。

「奴の狩場だ」

湊は言うと、パッセンジャーシートを降りた。

☆

湊と将司がテーブルに着いてから十五分後に、西島が店内に入ってきた。

ゆったりしたグレイのニットセーターにスキニーデニムというラフなファッションの西島は、迷わず湊達の座る席の隣——窓際のテーブルに向かった。

席に着くなりカフェ・ラテを注文すると、西島は早速タブレットの操作を始めた。

湊は将司に目顔で合図し、席を立つと西島の正面に座った。

「ここは、僕が使ってる席ですけど」

西島が、訝しげな顔で湊と将司を見た。

「西島慎吾さんですよね？」

湊は確認した。

「どうして僕の名前を？」

西島の顔に危惧の色が浮かんだ。

「お互いに忙しい身ですから、単刀直入に用件をお伝えします。清水彩未さんと交際してますよね？」

言葉通りに、湊は本題に切り込んだ。

「あなた達……いったい、誰なんですか!?　僕や彩未のことを、どうして知ってるんですか？」

西島の顔に浮かんだ危惧の色が濃くなった。

「申し遅れました。花宮です」

湊は西島の前に名刺を置いた。

「『スターカラット』……ＡＶ!?」

西島の大声に、周囲の客の視線が集まった。

「ＡＶの会社の人が、なんの用ですか？」

西島が声を潜（ひそ）めて訊ねてきた。

「先週、彩未さんを面接しました。聞いてませんか？」

わかっていながら、湊は訊ね返した。

「彩未が面接!?　彩未が、ＡＶに出演したがっているとでも言うんですか!?」

ふたたび、西島が大声を張り上げた。

あまりの驚きに、もう周囲の客の視線は気にならないようだった。

「そういうことになりますね」

西島とは対照的に、湊は冷静な口調で言った。

「嘘だ……そんなこと、絶対に信じません！」

「それはあなたの勝手ですが、彩未さんが当社に面接にきたのは事実です。だからこそ、あなたの名前も会社も知っているわけです」

「彩未が、ＡＶ嬢になりたいわけないでしょう！」

西島が、血相を変えて湊に訴えた。

「将来、芸能界に入るためのステップにしたいそうです。最近ではセクシー女優も市民権を得て、女子高生のなりたい職業の上位にランキングされている時代です」

湊は、あくまでも淡々とした口調で言った。

「たとえそうだとしても、彩未がAV嬢の面接に行ったたなんて信じられない！　でたらめを言うのは……」

「あなたとのセックスの頻度は二ヶ月に一度、好きな体位は立ちバック、お掃除フェラは毎回……どうです？　当たってますよね？」

湊は西島を遮り訊ねた。

「どうして、それを……？」

西島が、掠れた声で訊ね返してきた。

「面接で、彩未さんが教えてくれたんですよ」

「なっ……」

湊の言葉に、西島が絶句した。

「オナニーは週六回、電マ、ローター、バイブは経験済み、好きな順番はバイブ、電マ、ローター……これは、知らない情報ですよね？」

湊は、涼しい顔で言った。

「あんたら、いい加減に……」

「彩未さんと、別れてもらえませんか？　お願いします」

湊はふたたび西島を遮り、頭を下げた。

「ちょ……ちょっと、待ってくれ！　なに勝手なことばかり言ってるんだ！　どうして、僕と彩未が別れなきゃならないんだ！」

西島の色白の顔が、憤怒（ふんぬ）で朱に染まった。

「なら、彩未さんのＡＶデビューを認めてもらえるんですか？」

湊は、人を食ったような顔で訊ねた。

「認めるわけないだろ！」

西島が、テーブルに掌を叩きつけた。

「もちろん、ただとは言いませんよ」

湊は、将司に視線を移した。

将司がテーブルの上に封筒を置いた。

「百万入ってます。これで、彩未さんを解放してあげてください」

湊は言った。

「ふ……ふざけるな！　手切れ金のつもりだろうが、僕は彩未と別れるつもりはない！　だいたい、いきなり現れたあんた達に、どうしてそんなことを言われなきゃならないんだよ！　あんた達には、そんな権利はないだろ!?」

西島が、怒り心頭の表情で抗議してきた。

「彩未さん自身が、ＡＶ業界に入ると決意したからですよ。いくら彼氏さんといえども、彼女の夢を邪魔する権利はありません。西島さんにできることは、彩未さんの夢を受け入れて応援するか、受け入れられないなら別れてあげるかのどちらかです」

湊は、抑揚のない口調で二者択一を迫った。

「だから、どっちも選ぶつもりはない！」

西島が即座に拒絶した。

頑固な男とは思わない。

見知らぬ男にいきなり、彼女がＡＶ嬢になるから受け入れるか別れるかのどちらかを選べ、と言われれば、たいていの彼氏はこういうリアクションになるだろう。

「困りましたね。どちらか選んでいただかなければ、第三の選択肢を突きつけなければならなくなります」

湊は意味深な言い回しをした。

「第三の選択肢？　馬鹿馬鹿しい。もう、あんた達につき合ってる暇はない」

西島は言い捨て、席を立った。

「みゆみゆさんは、お元気ですか？」

湊の問いかけに、西島の顔が強張った。

「いまはまだ、学校ですかね？」

湊は涼しい顔で続けた。

「ど、どうして……」

西島の乾いた唇から、掠れた声が零れ出た。

「ご説明しますから、座ってください」

湊が促すと、西島が素直に着席した。

額から、玉の汗が噴き出していた。

「気を悪くしないでほしいのですが、西島さんのことをいろいろと調査させてもらいました。デビューしてから、彼氏が反社の人物だったりしたら厄介ですからね。もちろん、西島さんは反社の人間ではありませんでした。ところが、意外なことがわかりましてね。いまも私達が現れなければ、マッチングアプリで女子漁りをしようとしていたんですよね？」

湊は片頬に冷笑を貼りつけながら、西島を見据えた。

「な、なにを言ってるんだ。人聞きが悪いな。僕は、マッチングアプリなんてやってない。このカフェには仕事をしに……」

「将司。読んであげて」

湊が命じると、将司がスマートフォンを取り出した。

「（いきなりだけど、明日とか会える？）（夕方なら）（この前と同じ大人3でいい？）（いいよ）（制服着たまましたいんだけど）（いいけどプラス1だよ）（4ってこと？）（うん）（高いよ）（じゃあ無理）（3・5にならない？）（セコっ！　現役女子高生とやるんだから4でも安いし）」

「ちょちょちょちょ……やめてくれ」

西島が、それまでとは一転して、急に周囲を気にしながら小声で言った。

額だけではなく、顔中が汗でびしょ濡れになっていた。

湊は、三日前に記憶を巻き戻した。

『大スクープをゲットしました！』

将司が声を弾ませ、「スターカラット」の事務所に飛び込んできた。

『そんなにハードルあげて大丈夫か？』

『期待してください！　昨日、表参道の仕事場を出て渋谷に向かった西島を尾行したんですが、誰に会ったと思います？』

『彩未か？』

『いえいえ。別の女です。しかも、ギャル風の女子高生です！』

『女子高生!?　それは本当か!?』

湊は、高価なブランドジュエリーを贈られた港区女子のように、瞳を輝かせた。

同じ浮気でも、成人と未成年では破壊力が違う。

彩未からすれば、浮気相手が成人だろうと未成年だろうと関係ないが、社会的制裁の重さは雲泥の差だ。

『ええ！　それで、ベタに「ハチ公」前で待ち合わせしてソッコーでラブホですよ。すぐに援交ってわかったんで、ラブホの前で張り込んで出てきた女子高生を尾けました。いくらか訊いたら三万だって言うんで、車に連れ込みました。あ、もちろん、変なことはしてませんよ。色つけて五万渡したら、喜んで西島のことを話してくれましたよ。一週間前にマッチングアプリで知り合って、今日が二回目だと言ってました。LINEかなにかやり取りないのって訊いたら、プラス五千円でスクショを送ってくれましたよ。最近のガキは、ちゃっかりしてますよね』

「これ、彩未さんが見たらどう思うでしょうね？」

湊は冷笑を浮かべつつ西島を見据えた。

「ま、待ってくれ……わ、わかった。あ、あんたらの言う通りにする。彩未のAVは黙認するよ」

西島が、しどろもどろになりながら言った。

「それは、さっきまでの話です」

「え……？」

西島が怪訝な顔で湊を見た。

「百万をお支払いしますから、彩未さんと別れてください」

湊は、一片の情も感じられない冷え冷えとした声で言った。

西島が彩未のAVデビューを認めるといっても、交際が続いていれば陰であれこれ口を出すのは目に見えている。

感じてたんじゃないのか？　俺とやるときより気持ちいいのか？　撮影中、濡れてるのか？　なに潮吹いてんだよ！　男優のテクは凄いのか？　3Pとかするな！

毎日のようにこんなことを言われ続けたら、彩未の仕事にたいするモチベーションが下がってしまう。

彩未ほどの逸材なら、契約金数億円、年間十二作契約も可能だが、西島のせいで引退ということになれば大変な損害を被る危険性があった。

美しい花を咲かせるには、周囲の雑草を除かなければならない。

「別れるなら、みゆみゆとの浮気を隠す意味がないじゃないか！」

西島が開き直り、食ってかかってきた。

「意味はありますよ。十六歳の女子高生との淫行がSNSでさらされたら、無傷で済むと思いますか？　なんなら、警察にタレ込んでもいいんですよ？」

湊は、嗜虐的に西島の精神を追い詰めた。

「あんたら……最初から、彩未と別れさせるつもりだったのか？」

西島が、うわずる声で言った。

「さあ、それはご想像にお任せします。納得いただけたら、サインをお願いします」

湊が目顔で合図をすると、将司がB5サイズの用紙を西島の前に置いた。

「二度と彩未さんと連絡を取らないという念書です。もちろん、約束を破れば、西島さんと女子高生の援助交際を警察にタレ込むことになります。ロリコン犯罪者として刑務所に入りたいのなら、私の提案を断ってもらっても構いませんが」

湊は言いながら、ペンを西島に差し出した。

「百万円を受け取って、サインしたほうがいいですよ。未成年との淫行って、もし執行猶予がついても社会的制裁が半端なくて、生涯、汚名がついて回りますよ。仕事の取引先の信用もなくなるでしょうし」

将司がダメ押しすると、西島の顔がみるみる蒼白になった。

「くそっ……」

西島が湊の手からペンを奪い、ヤケクソ気味に念書に署名した。

「ありがとうございます。賢明な判断だと思います」

湊は慇懃(いんぎん)に言うと、念書を受け取り将司に渡した。

「このカフェを出た瞬間から、彩未さんのことを頭から消してください。私達も、西島さんのことを忘れますから」

湊は抑揚のない口調で言い残し、席を立った。

前座の試合は終わった。

これからが本番――メインイベントだ。

☆

「うまくいきましたね」

アルファードを発進させた将司が、してやったりの表情で言った。

「ああ。未成年で女子高生っていうのが決め手になったな」

パッセンジャーシートに座る湊は、眼を閉じたまま言った。

頭の中は、メインイベントの話の運びかたをどうするかで一杯だった。

同じカードを切るにしても、タイミングを間違えれば試合終了になってしまう。

「話変わりますけど、花宮さんって昔、『昇竜(しょうりゅう)連合』に所属していたって本当ですか？」

思い出したように、将司が訊ねてきた。

「ああ、本当だよ」

湊は眼を開け、あっさりと認めた。

「昇竜連合」は元暴走族のOBが集まって結成された組織で、都内に飲食店、金融会社、不動産会社、芸能プロダクション、AV制作会社など手広く経営している反社会的集団だ。

「マジですか!?　怖っ！」

将司が、大声を張り上げた。

「別に怖くないよ。当時俺がスカウトマンやってたAV制作会社が、『昇竜連合』の企業舎弟だったっていうだけの話だ」

「花宮さんがいたAV制作会社って、『南斗企画』ですよね？　あそこ、やっぱり反社が経営していたんですね！　俺、最初、『南斗企画』に面接に行く予定だったんですけど、ネットで調べたらヤクザが経営してるとか、役員全員が半グレだとか書き込みがあったんでキャンセルしたんですよ。行かなくてよかった～」

将司が左胸に手を当て、大袈裟に安堵して見せた。

「正解だな。『南斗』のスカウトエリアに、他社のスカウトマンが一メートルでも割り込んだら、事務所にさらって半殺しにしていたからな。ほかにも、『南斗』に所属した単体女優に声をかけた他社のスカウトマンが行方不明になったこともあったな」

湊は、遠い日の記憶を脳裏に呼び起こした。

『ナンバー1スカウトマンに辞めたいと言われて、わかった、と即答できると思うか？』

「南斗企画」の社長室――大河が猛禽類のような鋭い眼で湊を見据え、押し殺した声で訊ねてきた。

訊ねてきた、というよりも、恫喝してきた、といったほうが正しいかもしれない。

当時二十二歳の青年にとって、文字通り命がけの行動だった。

『社長にはお世話になっていながら、申し訳ないと思っています』

青年――湊は、うわずる声で言った。

『申し訳ないって言う奴が、言い出すセリフじゃねえと思うがな』

白くブリーチしたオールバックヘア、百八十センチを超えた筋肉質の体に纏う辛子色のスーツ……容貌だけでなく、大河からは人を萎縮させる威圧のオーラが発せられていた。

大河は、悪名高き反社会的組織「昇竜連合」のボスであり、競合相手のAV制作会社を暴力と金で従わせ、「南斗企画」を設立三年で業界ナンバー1にした辣腕経営者でもある。

湊が十八歳の頃、新宿のモデル事務所のスカウトマンだった当時、「南斗企画」のスカウトエリアで女子に声をかけたことで、「昇竜連合」の半グレ達に事務所に拉致されたことがあった。

集団リンチされる寸前、助けてくれたのがボスの大河だった。

大河はモデル事務所での湊の優秀さを知り、倍の歩合給を条件に「南斗企画」にヘッドハンティングしてきたのだった。

十八歳という若さもあり、湊は大河の好待遇の誘いに二つ返事で乗った。

また、同じようなトラブルに巻き込まれないために、虎穴に入るほうが安全だという考えも移籍の理由の一つだった。

た。

「南斗企画」でも湊はすぐに頭角を現し、移籍一ヶ月でスカウト数ナンバー1になった。

人数だけでなく、湊がスカウトした女優は高確率で単体女優になり、利益率も一位だった。

大河は湊を寵愛(ちょうあい)した。

湊も大河の期待に応えようと、ナンバー1の座を守り続けることで恩返しした。

だが、「南斗企画」の勢力を拡大させるための、同業他社を暴力と金で従わせ吸収合併する大河のやりかたに、湊は次第に疑問を抱くようになった。

湊は何度か大河に進言したが、「お前は気にしなくていい」と相手にされなかった。

実際、大河は湊に汚れ仕事はやらせなかった。

大河が考えを改めることがないと悟った湊は、「南斗企画」を辞めることを決意したのだ。

『不義理をする結果になってしまい、すみません』

湊は頭を下げた。

『すみませんで抜けられるほど、ウチは甘い会社じゃねえぞ』

大河のドスの利いた声と目力に、湊の膝はガクガクと震えた。

『もちろん、わかってます。これをどうぞ』

湊は用意してきたボストンバッグを、大河のデスクに置いた。

『なんだ、これは？』

『六千三百万入ってます。僕が「南斗企画」で稼いだうちの、九割の金です。僕が社長にできる、唯一のケジメのつけかたです』

『わかった。お前の心意気に免じて、解放してやろう。ただし、どこでスカウトやっても、ウチと向き合うことはするな。万が一、「南斗」に牙を剝くようなことがあったら、お前はもちろん、お前が所属してる組織ごと潰すからな』

それが、大河と交わした最後の会話だった。

「スターカラット」に入社して八年、大河とは連絡も取っていなかった。

「よく『南斗企画』を辞められましたね。『スターカラット』に入ってから、妨害とかされなかったんですか？」

将司の問いかけで、湊は回想の扉を閉めた。

「ああ。妨害どころか、『南斗』の人間に会ってもないな」

大河の寵愛を受けていた湊は、運がよかったのかもしれない。

「『スターカラット』と『南斗企画』は業界の二大勢力だから、いつか潰しにかかってくるかもしれないですね。やだな……そうなったら怖いな」

将司が憂鬱な顔になった。

「安心していいよ。暴対法で反社にたいしての締めつけが厳しくなった令和の時代に、『南斗企画』も無茶はできないさ。ウチのスカウトマンを一発でも殴ったら、いまの時代は即刻営業停止になるだろう」

嘘ではなかった。

ただし、それは「スターカラット」が一線を越えなかった場合の話だ。

もし、故意でなくても「南斗企画」の米櫃（こめびつ）に手をつけてしまったら、リスクを顧みずに大河は全力で「スターカラット」を潰しにかかるだろう。

「それを聞いて、安心しました。あ、そう言えば、さっきＬＩＮＥが入ってたんですけど、彩未が到着しているみたいです」

「そうか」

湊は気分を切り替え、スイッチを入れた。

数十億円の利益を生み出すかもしれない打ち出の小槌(こづち)を、手に入れられるかどうかの大一番……絶対に、負けるわけにはいかなかった。

そして、湊は知っていた。

自分が、絶対に負けるはずがないことを。

2

「スターカラット」の専務室——湊がドアを開けると、クロムハーツのロングソファに座っていた彩未が立ち上がりお辞儀をしてきた。

ベージュのワンピース姿の彩未を見て、湊は改めて確信した。

彼女が十年に一人の逸材であることを……。

「待たせたね」

湊は言いながら、彩未の正面の一人がけのソファに座った。

彩未が、ロングソファに腰を戻した。

「契約書のほうは、読んでくれたかな？」

「はい」

「年間十二本の契約で、一本のギャラは三百万、年間で三千六百万円。いまの時代、破格の契約金だ。契約の途中で不祥事を起こしたり撮影をキャンセルしたりしたら、契約金の三倍を違約金として支払うことになる。ほかに、なにか質問は？」

湊はタブレットPCのディスプレイに表示された契約書から、彩未に視線を戻した。

「あの、親や彼氏にバレたくないのですが、広告媒体に顔が出ることはありませんよね？」

彩未が遠慮がちに訊ねてきた。

「紙媒体、ネット媒体を問わず君の顔が出ることはないから安心していい」

「ありがとうございます」

「ただし、彼氏とは別れてほしい」

湊は切り出した。

「え……どうしてですか？」

彩未の、見開かれた黒真珠のような瞳に困惑の色が浮かんだ。

「デビュー後にトラブルが起きたらまずいから、彼氏の西島さんについて調査させてもらった」

「どうして、そんなことを……」

「これを見てほしい」

彩未の質問を遮り、湊はスマートフォンをテーブルに置いた。

(いきなりだけど、明日とか会える?)

(夕方なら)

(この前と同じ大人3でいい?)

(いいよ)

(制服着たままましたいんだけど)

(いいけどプラス1だよ)

(4ってこと?)

(うん)

(高いよ)

（じゃあ無理）

（３・５にならない？）

（セコっ！　現役女子高生とやるんだから４でも安いし）

「これは、なんですか？」

マッチングアプリで知り合った女子高生と西島の、ＬＩＮＥのやり取りのスクリーンショットを見た彩未が、怪訝な顔を湊に向けた。

「アイコンを、よく見てみろ」

湊は言いながら、アイコンをピンチアウトした。

「嘘……」

西島のアイコンだということを認識した彩未が絶句した。

「西島さんとやり取りしているのは、出会い系のマッチングアプリで知り合った女子高生だ」

湊は言った。

「出会い系のマッチングアプリ……」

彩未が息を呑んだ。

「西島さんは、このマッチングアプリの常連で、仕事場の近くの『シェスタ』というカフェにタブレットを持ち込んで、女漁りをするのを日課にしていた。ウチの調査部のスタッフが西島さんを尾けたら、女子高生と渋谷のハチ公前で待ち合わせて、明るいうちからラブホに行った。これは、その女子高生のＬＩＮＥをスクショしたものだ」

「嘘……嘘です……彼は、こんなことをするような人じゃ……」

「西島さんが手切れ金の百万円を受け取って、君と別れることを認めた証拠だ」

湊は、彩未の言葉を遮るように念書を置いた。

「彼と……会ったんですか!?」

彩未が、咎（とが）めるような眼を湊に向けた。

「未成年女子と淫行をしている人間と交際させたまま、君をデビューさせるわけにはいかないからな」

「でも、私に一言の相談もなくこんなことをするなんて、ひど過ぎます！」

「相談したら、彼氏と別れたのか？」

湊は、抑揚のない口調で訊ねた。

「私はまだ、彼と別れてません！」

彩未が、涙目で抗議してきた。

あんなろくでなしの本質を見抜けずに涙を浮かべる……そんな彼女の純粋さが魅力だった。

だからこそ、心を鬼にしなければならない。

「百万円の手切れ金を受け取って別れた未成年淫行男を選ぶか、契約金三千六百万円のスターの道を選ぶか……君の人生だから、好きにすればいい」

湊は敢えて、冷たい口調で突き放すように言った。

女は追えば逃げる生き物で、無理やり別れさせれば未練が残る。

自分から別れを決めれば、女はすっぱりと過去を忘れるものだ。

「彼と別れなければ、デビューはできないのですか？」

彩未が、悲痛な顔で訊ねてきた。

彩未は揺れている――だが、甘い顔は見せられない。

一歩譲歩すれば、次は二歩、そのまた次は三歩と求めてくるだろう。

「まともな彼氏なら二者択一を迫らないが、この男はだめだ。本当は、君が一番わかってるはずだ。悪いが、君以外にも単体女優の候補は何人もいるから長くは待てない。五分以内に決めてくれ」

湊は、彩未を突き放した。

大金を稼ぐとわかっているからこそ、ここではっきりさせなければならない。稼ぐ額が大きいほどに、後々トラブルが起きれば損害金も大きくなる。

十秒、二十秒、三十秒……湊は、背凭(せもた)れに身を預け眼を閉じると、心でカウントした。

彩未の息遣いが聞こえた。

六十秒、七十秒、八十秒……彩未の息遣いが荒くなった。

「……別れます」

湊は眼を開けた。

「心変わりしないな？」

湊が確認すると、彩未が頷いた。

「なら、これにサインしてくれ。彼氏と別れて、二度と会わない、二度と連絡を取らないという誓約書だ。契約書のときに説明したが、破った場合は不祥事とみなし契約金の三倍の違約金を払ってもらう。中途半端な気持ちでサインすると人生が破滅してしまうから、やめたほうがいい」

湊は誓約書をテーブルに置いて、淡々とした口調で説明した。

「いいえ、大丈夫です。女子高生と浮気するような人のために、私の夢を捨てる気はありません」

つい数十秒前まで動揺していた女子と同一人物とは思えないほど、湊を見据える彩未の瞳には力強い色が宿っていた。

「わかった。君が肚(はら)を決めるなら、僕が必ず夢を叶えてあげるから」

湊は約束した。

自信があった。

彩未を、裸のシンデレラにすることに……。

3

「スターカラット」のミーティングルーム——円卓には、社長の城(じょう)から時計回りに、営業部長の野宮(のみや)、制作部長の五十嵐(いがらし)、スカウトリーダーの将司、そして専務の湊が座っていた。

月曜日の午前十時は、毎週、幹部ミーティングが行われる。

その週によって議題は様々だが、今日はプロモーションミーティングだ。

みなのタブレットPCには、来月撮影、再来月にデビューを予定している三人の女性のプロフィールデータが入っていた。

「清水彩未って子は、本当にいいな」

ソフトツイストパーマに薄いグレイのサングラスをかけた城が、ディスプレイを食い入るようにみつめながら言った。

城は四十五歳だが、日頃からジムで鍛えているので若々しく、三十代といっても十分に通用する。

「この一ヶ月で、いい意味でグンと垢抜けたしな」

城の言う通り、彩未は見違えるほどに洗練された。

モデルや女優と違って、セクシー女優は垢抜けることがマイナスに作用する場合がある。

日本人の男は欧米人と違い、田舎っぽい子や純朴な子が恥じらいながら感じる姿に興奮するタイプが多いので、綺麗になり痩せることで人気が下がるという逆転現象が起こるのだ。

だから、彩未のような清純派で売り出す女優は、肌を綺麗にするためにエステに通わせることはあっても、整形やダイエットはNGだ。

彼女たちにそういうことへのGOサインを出すのは、作品数と年齢を重ねて人気が下降気味になり路線変更するときだ。

普通のメーカーなら女優にそこまで強要はできないが、「スターカラット」は自社のプロダクションに所属させるので管理できるのだった。

「ええ、垢抜けましたね。でも、ジャンクフードや揚げ物を摂らないように指導して、日に二万歩のウォーキングを義務付けただけで、どこもイジってません。ナチュラルに綺麗になったのは、それが理由だと思います」

「例の出会い系アプリ男のほうは、大丈夫なんだろうな？　関係は、きっぱり切れたのか？」

「はい。彼氏のほうには彩未に連絡したら女子高生との淫行を警察にタレ込むと釘を刺して、百万の手切れ金を渡し念書にサインさせました。彩未のほうも、彼氏と連絡を取ったら契約金の三倍の違約金を支払うという誓約書にサインさせましたから、問題ありません」

「デビュー作は、初心(うぶ)な純朴少女が王道路線だが、どんな台本で勝負するつもりだ？」

城が、制作部長の五十嵐に視線を移した。

小太りで脂ぎった長髪、毛玉のついたセーター……容貌だけで判断すれば、とても仕事ができるように見えない五十嵐は、数年前まで主に低予算映画の脚本を書いていた男だ。

官能映画を得意にしており、三千万円以下の予算で「完璧なる飼育」や「女囚タランチュラ」などのヒット作を飛ばしている実力を買われ、「スターカラット」の制作部長の待遇で城にヘッドハンティングされたのだった。

「最初はお決まりのインタビューから始まり、そのあとにドラマにシフトします。ドラマのストーリーは、アイドルを夢見て田舎から上京した少女が、芸能事務所の悪徳社長に演技指導という大義名分のもと、濡れ場を強要される。鳥肌が立つほどの嫌悪感と恐怖心に襲われながらも、執拗(しつよう)な悪徳社長の愛撫に感じてしまい、必死に喘(あえ)ぎ声を殺す……みたいなシーンとか、アイドルとしてデビューした彩未が写真集の発売イベントで、暴走した四人のファンに拉致されレイプされるシーンとか、そんな感じで考えています」

　五十嵐が、意気揚々と説明した。

「アイドルを夢見て上京した美少女を、悪徳プロダクションの社長が演技指導にかこつけてエッチするなんて、古くないですか？」

　それまで黙っていた将司が、苦笑しながら発言した。

「お前は、なんにもわかっちゃいないな。敢えて、古くてベタな展開を狙ってるんだよ」

「どういう意味ですか？」

「『水戸黄門』『ドラえもん』『必殺仕事人』……いいか？　日本人っていうのはな、お決まりのパターンが好きな国民性なんだよ。とくにＡＶは性癖だから、清純、ＳＭ、レイプ、寝取られ、兄と妹、熟女……と、カテゴリ別に興奮のツボは決まっていて、下手に冒険はしないほうがいいんだ」

　五十嵐が、したり顔で言った。

「たしかに、五十嵐部長の言うことは一理あります」

湊は口を挟んだ。

「さすがは花宮専務……」

「ですが、ファンに拉致されてレイプされるシーンには賛成できません」

湊は五十嵐を遮り、きっぱりと言った。

役職は湊が上だが、五十嵐は年上なので敬語を使っていた。

「え!? それは、どうしてですか？」

五十嵐が、驚いたように訊ね返してきた。

いままで、五十嵐のプライドを傷つけないように、湊は台本に意見したことがなかった。

だが、今回は事情が違う。

商品価値を落とすような作品に、彩未を出すわけにはいかない。

「彩未は十年に一人の逸材です。デビュー作で輪姦シーンなど論外です。彼女ほどの素材なら、輪姦どころかドラマ仕立てにする必要もありません。インタビューからのそのままの流れで、普通のセックスシーンだけでも三作はいけます。四作目からドラマ仕立てにしますが、輪姦シーンはまだ先です。彩未のノーマルなセックスシーンに飽きてくる六作目あたりからで十分だと思います」

涼しい顔の湊とは対照的に、五十嵐の下膨れの顔がみるみる赤くなった。

「彼女が逸材なのはわかりますが、五作もノーマルなセックスが続くと、さすがに飽きられてしまいますよ」

五十嵐が、屈辱に震える声で反論してきた。

「フェラ、クンニ、指マン、乳首攻め、電マ、ローター、バイブ、立ちバック、寝バック、対面座位……ノーマルなセックスでも、五作くらいは十分に楽しめます。企画や演出に頼らなければならないB級女優とは、彩未は次元が違いますから」

湊は淡々とした口調で言った。

「でも、それは花宮専務の感覚ですよね？　視聴者がどう思うかが重要です」

五十嵐は、懸命に平静を装いながら自説を通そうとしてきた。

「その言葉、そっくり五十嵐部長にお返ししますよ」

湊は、さらりと切り返した。

「私は、数々のヒット作の脚本を書いて……」

「俺も、一作目で輪姦シーンを撮るのは早いと思う。花宮の言う通り、五作目まではノーマルで引っ張れ」

城が五十嵐を遮り命じた。

「わかりました」

渋々と、五十嵐が従った。

プライドの高い五十嵐も、社長には逆らえない。

「失礼します」

ノックに続いて、スカウト部の岬（みさき）が入ってきた。

岬は、スカウトリーダーの将司がかわいがっている期待の新人だ。

「どうした？　いま、ミーティング中だぞ」

将司が咎める口調で言いながら、岬を睨（にら）みつけた。

「すみません。十一時から面接の予定だった網浜（あみはま）ちひろさんが、一時間早くきちゃったんですけど……」

困惑した顔で、岬が言った。

「待たせておけよ」

「そう言ったんですけど、待たせるなら時間がないから別のメーカーの面接に行くと……」

「は？　そんなこと言ってんのか!?　あいつ、なに様のつもりだよ」

将司が気色ばんだ。

「ずいぶん強気な女だな。そんなにレベル高いのか？」

城が、興味津々の顔を将司に向けた。

「レベルが高いっていうか、ギャルです。顔は上の下って感じですが、体がめちゃめちゃエロいんです。それと、ひみかって名前で去年までグラドルやっていました。検索したら、B級の男性誌に着エロみたいな感じで出ていたレベルですけどね」

「なかなか面白そうな女じゃないか？　花宮、面接してこいよ。あとはこっちでやっておくから」

城が湊に視線を移した。

「わかりました」

湊は腰を上げ、ミーティングルームを出ると岬のあとに続いた。

オーディションルームに足を踏み入れると、小麦色の肌にミルクティーカラーのロングヘアの女子が面接用の椅子に座っていた。

「お待たせしました。花宮です」

湊は自己紹介しながら、白革のハイバックチェアに腰を下ろした。

「どうぞ」

岬がタブレットPCを湊の前のロングテーブルに置いた。

湊は、プロフィールデータに視線を落とした。

網浜ちひろ　二十一歳　身長　百六十七センチ　体重　五十三キロ　B88　W57　H86
「将司にスカウトされたの？」

湊は顔を上げ、ちひろに訊ねた。

オフショルダーのゆったりしたニットセーター越しにも、ちひろのスタイルのよさが伝わってきた。

デニムのショートパンツからすらりと伸びた足も、細過ぎず太過ぎずのちょうどいい肉付きだった。

ぽってりした唇が、妙に煽情的だった。

将司が言っていたように、ちひろは特別な美人ではないが男好きするタイプの女子だった。

「うん。花宮さんって、偉い人？」

ちひろが、タメ語で訊ねてきた。

不思議と、いやな感じはしなかった。

「この会社の専務だよ」

「ふーん。若いのに凄いじゃん。イケメンだし」

ちひろが、悪戯っぽく笑った。

言葉遣いも知らない生意気なギャルだったが、憎めなかった。

「ありがとうと言っておくよ。早速だけど、いろいろ質問するよ」

「オーケー！　なんでも訊いて！」

「志望動機は？」

「エッチがしたいから」

あっけらかんと、ちひろが言った。

「エッチが、そんなに好きなんだ」

湊は、項目にないことを訊ねた。

それだけ、ちひろには魅力があった。

「大好き！　私のグラインド騎乗位とフェラ、めちゃめちゃ気持ちいいんだよ。フェラなんてさ、二分以上我慢できた人いないから。専務さんにも、やってあげようか？」

蠱惑的な眼で、ちひろが湊をみつめた。

彩未とは性格もビジュアルも対照的だが、ちひろにもスター性があった。

「いや、遠慮しておくよ。彼氏はいないって書いてあったけど、本当？」

「なになに？　何股もかけてるように見える？　いまは本当にいないよ。半年間つき合っていた人はいたけど、エッチが下手だったから三ヶ月前に捨てた。だって、そんな彼氏いたら、エッチがうまいメンズがいてもやれないじゃん。ちひろ、こう見えて浮気しないからさ」

ちひろが、誇らしげな顔で胸を張って見せた。

「それは意外だね。親バレはＯＫ？　ＮＧ？」

「ＯＫ！　パパも、デビューしたらＤＶＤ送ってくれって言ってるし」

一万人近い女子を面接してきたが、ここまで型破りで奔放なタイプは記憶になかった。

「体位は、なにが好きでなにが苦手？」

「嫌いな体位はないよ！　おちんちん入ってるなら、どんな体位でも気持ちいいし。とくに好きな体位は立ちバック！」

「フェラが得意って言ってたけど、精子は飲んだことある？」

「とーぜん！　お掃除フェラも大好き！」

ちひろが声を弾ませた。

「オナニーの有無は……あるか。頻度は？」

「ないよ」

「え？　嘘！」

湊は思わず言った。

「嘘じゃないよ。だって、もったいないじゃん」

「もったいない？」

「うん。男子もさ、溜まっていたほうが気持ちいいでしょ？　女子も同じだから」

ちひろが舌を出し、肩を竦めた。

次第に、ちひろに惹かれていく自分がいた。

「セックスで、電マ、ローター、バイブの経験は？」

「もちろんあるよ！　電マをクリに当てられながら、鏡の前で立ちバックするのが大好き！　思い出しただけで、濡れてきちゃった」

ちひろが内股になり、もじもじしながら言った。

湊は確信した。

彩未とちひろ……清楚系とギャル系の二人をうまくプロモーションすれば、冬の時代と言われるAV業界に「スターカラット」が中心となり、第三期黄金時代を築くことができる。

「途中だが、質問は終わりだ」

湊は言った。

「え？　なんで？　面接不合格ってこと？」

ちひろの顔が、初めて曇った。

「逆だ。単体女優として採用する」

「マジ！　やったー！」

ちひろが、子供のように両手を上げた。

ちひろは、面接がすぐにできないのなら別の制作会社に行くと言っていた。早めに押さえておかなければ、ほかに取られる恐れがあった。

「最終チェックしたいんだけど、いまから脱げる？」

湊は訊ねた。

「いいよ！　なんなら、エッチのテクも試す？」

ちひろが席を立ち前屈みになり、胸の谷間を見せつつ小悪魔的な表情で言った。

小麦色の肌と白い乳房の日焼け跡の境目が、エロティックだった。

「いや、遠慮しておく。それより、着替えはトイレで……」

ちひろが、オフショルダーのニットセーターを脱ぎ始めた。

いわゆるロケットおっぱいと呼ばれる、乳首がツンと上を向き、突き出た重量感のある美巨乳に湊は目を見張った。

焼けていない白い乳房の先端の薄桃色の乳首が、小麦色の肌とのギャップでよかった。

ちひろは躊躇いなく、デニムのショートパンツと下着を脱いだ。

ちひろの陰毛は、きれいに処理されていた。

「どう？　抱きたくなるおいしそうな体でしょ？」

ちひろが挑発的に言いながら、ゆっくりと回った。

湊は、ちひろのプリッとした肉付きのいい尻に、ふたたび目を見張った。

ちひろは日本人離れした、欧米人のようなグラマラスボディの持ち主だった。

「もういい。服を着てくれ。これから、契約書にサインしてもらう」

湊は、彩未に続く大器の出現に昂る気持ちを隠し事務的に言った。

「もう、専務ちゃんったら、私を逃したくなくて焦ってるのね？　かわいい」

ちひろが湊の顔を両手で挟み、鼻の頭にキスをした。

「おいっ……」

湊は思わず声を出し、ちひろの肩を押した。

「あ……おっぱい揉まれちゃった」

ちひろが湊の手を摑み引き込むと、生の乳房に押しつけた。

掌に広がる柔らかな弾力に、湊のペニスが硬直した。

「ちひろの勝ち！」

ちひろが言いながら、素早く湊のペニスを握ると、コケティッシュな笑顔でウインクした。

4

「はい、いいよぉ～、わ！　彩末ちゃん、かわいい～。こんなにドキドキすることなんて、滅多にないよ！　目線こっちにちょうだい～、あああ！　キュンキュン通り越して心臓止まりそうだよ！」

「スターカラット」のスタジオに、カメラマンのハイテンションな声と高速連続撮影のシャッター音が響き渡った。

今日は彩末のジャケット用の撮影だった。

スキンヘッドにカンカン帽、赤いアロハに白いデニムのハーフパンツ……カメラマンの石黒（いしぐろ）は、グラビアアイドルを撮らせたら日本一と言われる売れっ子だ。

石黒はギャラが高いので、彩未やちひろクラスのような期待の単体女優のときにしか頼まない。

「やっぱり、彼女はモノが違いますね」

スタジオの隅で湊と並んで撮影を見学していた将司が、頷きながら言った。

「彼氏と別れさせて、正解だったろ？」

湊は、彩未に視線を向けたまま言った。

「まったくですね。あんなロリコン淫行男と関係が続いていたら、邪魔するかヒモになったでしょうね」

将司が口をへの字に曲げ、首を横に振った。

「安心するのは早い。新たな寄生虫がつかないように気をつけないとな」

湊は言った。

彩未ほどのいい女なら、周りの男達が放っておかないはずだ。

「寄生虫……あ、男ですね。ただ、二十四時間張りつくわけには……」

「調査部をつけるんだ」

湊は、将司を遮り命じた。

「調査部ですか？」

将司が怪訝な顔を湊に向けた。

「ああ。撮影以外は三交代制で監視体制を敷く」

湊は表情を変えずに言った。

「Sクラスの女優には調査部を監視につけるって噂では聞いたことありますけど、本当だったんですか？」

将司が驚いた顔で訊ねてきた。

「俺の記憶にある範囲なら、調査部が監視についたのは七年前の咲宮クララが最後かな」

湊は記憶を辿りつつ言った。

咲宮クララは、元歌舞伎町のナンバー1カリスマキャバクラ嬢がAVデビューするということで、スポーツ紙や週刊誌でも派手に取り上げられた。

年間十二本契約で、五億という破格の契約金も話題になった。

前評判通りに咲宮クララはデビュー作が爆発的にヒットし、地上波のバラエティ番組やVシネマにもヒロインで出演し、それまでのAV女優の枠を超えた活躍をした。

「スターカラット」は咲宮クララの活躍で大金を手にしたが、問題も多い女優だった。とにかく自由奔放で、男遊びが激しく、ホストや半グレとの交際で数々の問題を起こした。

遅刻はあたりまえで、何度も撮影を飛ばした。

交際相手に脅迫され、監禁されたこともあった。

並の女優なら早々と切るところだが、一本で億単位の利益を生み出すドル箱を手放すわけにはいかなかった。

質(たち)の悪い男と別れさせてもすぐに別の男とつき合うことを繰り返すクララに、社長の城は調査部のスタッフを交代制でつけて、二十四時間監視させた。

「咲宮クララですか。俺は高校生でしたけど、ずいぶんお世話になりましたよ。でも、彩未も咲宮クララと同じ待遇なんて凄いですね」

将司が感心したように言った。

「両腕を交差させてぇ～、おっぱいの谷間強調してぇ～、掌であそこを隠してみてぇ～、わあぉ！　おっぱいがぷるっぷる！　乳輪もベビーピンクでキレイだよぉ～。乳首がちっちゃくて完璧だねぇ～」

石黒の言葉責めに、彩未が頬を桃色に染めてはにかんだ。

「あの表情、そそりますよね」

将司がニヤケながら言った。

「それが狙いで、石黒さんはわざと恥ずかしがらせるようなことばかり言ってるのさ」

「え？　マジですか？　そこまで計算してるなんて、さすがはトップカメラマンですね」

湊は頷いた。

童顔、巨乳、清楚、恥じらい……この四大要素は日本人男性の大好物だ。

石黒が男性誌のグラビア撮影に引っ張りだこなのは、そのへんをしっかりわかっていて、モデルの魅力を等身大以上に引き出すテクニックがあるからだ。

カメラマンはカメラを扱う技術よりも、女心を扱う技術のほうが重要だ。

「あ、そう言えば、ちひろの撮影はこのあとでしたよね？」

思い出したように将司が言った。

「二時だから、もうそろそろ、くる頃じゃないか」

湊はスマートフォンのデジタル時計を見た。

PM1:15

ちひろには、メイクの時間もあるので三十分前にはスタジオ入りするように伝えていた。

「それにしても、ちひろは拾い物でしたね。グイグイ感が凄いギャルなので、花宮さんのアンテナに引っかからないと思ってましたけど」

将司が意外そうに言った。

将司が、そう思うのも無理はなかった。

ギャル物は一定の需要はあるが、不思議と本当のギャルはあまり売れた例がない。

ギャルでない女優を、ギャルキャラとして売り出したほうが成功する場合が多い。

理由として考えられるのは、清潔感だ。

たまたまかもしれないが、いままで面接したギャルには清潔感がなかった。

風呂に入っていないという意味ではなく、日焼けの斑やシミ、乾燥した肌、ブリーチや髪染めを繰り返し傷んだ髪などが清潔感のイメージを失わせているためだ。

肌も荒れているので、顔立ちがよくても化粧のノリが悪く、美しくもかわいくも見えないのだ。

その点、本物ではないギャルキャラの女優はもともと肌を焼いておらず、撮影前に日焼けサロンに通う程度なのでしっとりこんがり焼けた肌になり、シミも斑もない。化粧のノリもよく肌も瑞々しい。顔立ちがそこそこでも魅力的に映るのだった。髪も同様でブリーチをしていないので、染めても艶があった。

だが、ちひろは正真正銘のギャルだが、髪にも艶があり肌にも張りと瑞々しさがある稀有な存在だ。

なにより、男好きのする顔立ちとエロ漫画に出てくるような悩殺ボディの破壊力は半端ではなかった。

「まあ、うまくいけば彩未と二枚看板になるだけの素材だ」

湊が言うと、将司が深く頷いた。

「失礼します！」

スタジオに、スカウト部の岬が駆け込んできた。

「花宮さん、大変ですっ」

岬の顔は蒼白になり、強張っていた。

「どうした？」

「オーディションルームに半グレみたいな男達が乗り込んできて、花宮さんを連れてこいと……」

「半グレ!? 誰だよ、そいつら?」

将司が訊ねた。

「『南斗企画』とか、言ってました……」

「『南斗企画』だと?」

湊は将司を押し退け、岬の前に歩み出た。

「はい。ウチの女優を引き抜いたとかなんとか、めちゃめちゃ怒ってて……」

岬の声は震えていた。

「花宮さん、『南斗企画』ってもしかして……?」

湊が振り返ると、将司の顔も強張っていた。

ブリーチした白髪のオールバック、猛禽類を彷彿とさせる鋭い瞳……湊の脳内に、大河の顔が浮かんだ。

「とりあえず、話を聞いてみよう」

湊はスタジオを出た。

「花宮さん、『南斗企画』ってヤバイところですよね？　警備部を呼んだほうがいいですよ」

湊のあとをついてくる将司が、心配そうに進言した。

「事を荒立てる気はない」

湊は言った。

それに、もし大河が本気になったら警備部が出て行ったところで、どうなるものでもない。

湊がオーディションルームに入ると、白のデニムのハーフパンツに黒のジャケットを着た褐色の肌の男が、椅子に足を組んで座りスマートフォンのゲームをしていた。

首筋には、キスマークのタトゥーが入っていた。

褐色の肌の男の背後に立っていた四人の若い男が、湊を睨みつけてきた。

四人ともスーツを纏っているが、堅気ではない剣呑(けんのん)なオーラを発していた。

五人とも、湊の知らない顔だった。

湊が「南斗企画」を辞めて八年になるので、それも無理はなかった。

「『スターカラット』の花宮だ」

湊は、スマートフォンのゲームを続ける褐色の肌の男に声をかけた。

恐らく、この男がリーダー格に違いない。

「あんた、ウチにいたことあるんだって？　ナンバー1スカウトマンだったらしいじゃん。あ、俺、キラっていうから。因みに、いまのナンバー1ね」

相変わらず湊のほうを見ようともせず、褐色の肌の男——キラが軽薄な口調で言った。

「いま、撮影中なので早速本題に入らせてもらう。そちらの女優を引き抜いたと聞いたんだが、ウチには覚えがない。なにかの間違いじゃないのか？」

湊は、淡々とした口調で訊ねた。

「は!?　てめえっ、なんだ、その態度は!?」

「しらばっくれてんじゃねえぞ！　こらっ！」

ソフトモヒカン男と金髪坊主男が、競うように湊に怒声を浴びせてきた。

「本当にわからないから、訊いているんだよ」

対照的に、湊は冷静な声音で言った。

「おいっ、キラさんの前で舐めた態度を取ってんじゃねえぞ！」

「痛い目みねえと、わからねえか！」

百九十センチはありそうなプロレスラー並みの大男と、百数十キロはありそうな力士並みのデブ男が、物凄い形相で湊に詰め寄ってきた。

「やめろって」

キラがスマートフォンのゲームをやめ、大男とデブ男に命じた。

「いま呼ぶから、ちょい待ってて」

キラが言いながら、スマートフォンを耳に当てた。

「あ、上がってきて」

キラは短く言うと、電話を切った。

「もうちょっと待ってて、いま、証拠をつれてくるからさ」

キラが人懐っこく破顔した。

ミルクティーカラーのロン毛、日焼けした童顔にブルーのカラーコンタクト――キラは、不思議な魅力を持つ男だった。

彼が「南斗企画」でナンバー１スカウトマンというのも納得できた。

配下の半グレ達とは、人種が違うという感じだった。

「一度、会ってみたかったんだよね。いつも社長から、あんたの話を聞いていたからさ。座りなよ。俺が言うのも変だけど」

キラが笑った。

「大河さんは、俺のことをなんて言ってるんだ？」

湊はハイバックチェアに座り、キラに訊ねた。

もしかしたら、「南斗企画」と事を構える可能性もあるので、現在の大河の情報収集をしておく必要があった。

「俺の最大の功績は花宮湊を発掘したことで、俺の最大の汚点は花宮湊を手放したことだ……だって。嫉妬しちゃったよ。あんた、社長に相当かわいがられていたんだね」

「『南斗企画』をやめて、もう八年だから。大河さんの記憶が美化されてるんだろう」

湊は受け流した。

たとえその言葉が本心であっても、敵になれば微塵（みじん）の躊躇いもなく潰しにかかってくるのが大河という男だ。

「できるなら、あんたとはこんな形じゃなく会いたかったな」

キラは言うと、ジャケットのポケットから取り出したスティックキャンディをくわえた。

「まるで、揉めるって決めつけたような言いかただな」

湊はジャブを放った。

「まあ、それはあんた次第だよ」

キラが他人事のように言った。

「もう、ウチがそちらの女優を引き抜いたことが前提の話になってるな」

湊は、軽い皮肉を口にした。

「連れてきました！」

グレイのサングラスをかけた男が、オーディションルームに現れた。

サングラス男に続いて現れた女子を見て、湊は息を呑んだ。

白いニットのタンクトップに黒革のミニスカート――ちひろはふてくされた顔で、フロアに足を踏み入れた。

「どうして、君が？」

湊は、驚きを隠せずに思わず問いかけた。

「そのリアクション見てると、知らなかったみたいだね。彼女は、ウチで契約していた女優なんだよ」

キラが肩を竦めた。

「ふざけないでよ！　契約した日にすぐに電話して、キャンセルしたいって伝えたでしょ！」

ちひろが、血相を変えて抗議した。

「その電話のときに、言ったよね？　一方的に電話でキャンセルなんて受けられないから、事務所で話し合おうってさ」

キラがスティックキャンディを舐めながら言った。

「ちひろは話し合う気ないから、行かないって言ったじゃん！」

「勘弁してよ～。ガキの遊びじゃないんだから、行かない、の一言で終わらないって」

キラが、大袈裟にため息を吐いてみせた。

「話の途中で悪いが、たとえ電話であってもその日のうちに契約破棄の意思表示をしたわけだから、少なくとも彼女は『南斗企画』の所属女優ってことにはならないんじやないのかな」

　それまで事の成り行きを見ていた湊は、やんわりと口を挟んだ。

「そうそう！　専務ちゃん、いいこと言うじゃん！」

　ちひろが、喜色満面で言った。

「困るな〜。勝手なことを言われちゃ。ウチに契約書が残っている以上、ちひろは『南斗企画』の女優なんだよ。だいたいさ、電話でキャンセルしたとか言ってるけど、録音とかしてるわけ？　ウチがそんな電話知らないって言ったら、それが事実だからさ。ドゥ〜ユ〜アンダ〜スタ〜ンド？」

　キラが欧米人のように両手を広げ、小馬鹿にしたような顔をちひろに向けた。

「録音はしてないけど、通話履歴は残ってる……」

「そんなの証拠になんないよ。ウチに電話したって証拠にはなるけど、契約を破棄したいって会話をした証拠にはなんないだろ？　キラさん、エッチしよ？　って会話だったかもしれないし」

　キラは茶化すように言うと、胸の前で手を叩き大笑いした。

「ふざけんな……」

「一つ言えるのは、『南斗企画』とちひろの契約は締結されていないから、ウチの行為は引き抜きには当たらないってことだ」

湊は、ちひろを遮りキラに言った。

「あのさ、あんたもスカウトやってた人間だろ？　逆の立場だったら、その言いぶんで納得しないでしょ？」

キラは言うと、スティックキャンディを音を立てて嚙み砕いた。

口調こそ穏やかだが、明らかにキラの眼の色が変わった。

たしかに、そうなのかもしれない。

もし彩未がちひろと同じ状態で同業他社と契約を交わしたと知ったら、はい、そうですか、とはならないだろう。

だからといって、キラにたいして譲歩する気はなかった。

本契約に至っていない以上、みすみすちひろを奪われるわけにはいかない。

「正直、その立場になったらそうかもしれない。だが、現実の立場は本契約を交わしたのがウチで、契約をキャンセルされたのがそっちだ。だから、逆の立場で考える必要はない」

湊は、淡々とした口調でキラの言いぶんを一蹴した。

掛け合いは、少しでも弱みを見せたら致命傷になる。

駆け引きは作戦で引いたりもするが、掛け合いでそれをやったら一気に押し切られてしまう。

出会い頭に強気一辺倒で押すのが、掛け合いで勝利する鉄則だ。

「花宮さん、そんな言いかたして大丈夫ですか……」

将司が耳元で不安そうに囁いた。

「てめえっ、この野郎、なに調子こいてんだ！」

「甘い顔してりゃ、図に乗りやがって！」

ソフトモヒカン男と金髪坊主男が、物凄い形相で詰め寄ってきた。

「だ〜か〜ら〜、やめろって」

キラが言うと、二人が渋々と足を止めた。

「俺はあんたが嫌いじゃない。先代の『南斗企画』のエーススカウトマンとして、尊敬もしている。できるなら、あんたが潰れる姿は見たくない。だから、話し合いで済んでいるうちに、おとなしくあれから手を引いてよ」

キラが、ちひろを指差した。

「あれってなによ！　ちひろは物じゃないんだからね！」

ちひろが、キラに食ってかかった。

半グレに捕らわれたこの状況で、怯（おび）えるどころかあれ呼ばわりされたことに抗議する気の強さは、女優向きの肚の据わり具合だった。

湊は、そんなちひろを見て、余計に手放したくなくなった。

「俺も、別に君が嫌いじゃない。君と揉めたくもない。だが、彼女が『南斗企画』との契約をその日のうちに破棄する意思を口頭で伝え、ウチと正式に契約した以上、網浜ちひろは『スターカラット』の専属女優だ。手を引くのはウチじゃなく、君達のほうだ」

湊はキラの眼を見据え、きっぱりと言った。

「専務ちゃん、かっこいい！　ちひろ、惚（ほ）れ直しちゃった！」

ちひろが黄色い声を上げた。

「え？　あ〜あ〜あ〜、な〜るほど〜。そ〜いうことだったんだぁ。あんた、あれに手をつけちゃったってわけ？　俺らが女優に手をつけるのは、一番やっちゃいけないことだってのは知ってるよね？」

キラはニヤニヤしているが、眼の奥は傷口をみつけたハイエナみたいにギラついていた。

「おい、誤解を与えることを言うな」

湊は、ちひろを窘めた。

「君も、俺がそんなことしているとは本気で思っていないだろう？」

湊は、ちひろからキラに視線を移した。

「さあ、どうかな～？　あんたと男女関係になったとすれば、ちひろがウチをドタキャンした理由もわかるしさぁ」

キラが人を食ったように言いながら立ち上がり、湊に歩み寄ってきた。

「言いがかりをつけても無駄だ」

湊は、にべもなく言った。

骨の髄までしゃぶり尽くそうとしているハイエナ集団に、微塵の動揺も見せるわけにはいかない。

「花宮さん、ラストチャンスだよ。いま手を引けば、これまでのことはすべて水に流してあげるから。俺はともかく、社長を怒らせないほうがいいのは、あんたにもわかってるよね？　っていうことで、ファイナルアンサー！　ちひろから手を引いて平穏に過ごすか？　手を引かないで地獄を見るか？」

キラが、おちょくるような口調で二者択一を迫ってきた。

「俺の答えは変わらない。悪いが、撮影の途中だ。帰ってくれ」

湊も立ち上がり、抑揚のない口調で言った。

「花宮さん、まずいですって……」

耳元で将司が諫めてきた。

「オーケー！　あんたがその気なら、仕方ないね。でも、残念だよ。もう少し、頭のいい人だと思ってたんだけどさ。じゃあ、とりあえず今日は帰るよ。社長に報告してから、また連絡するから。んじゃ！　女を連れてきて」

キラは湊に言い残し配下に命じると、出口に向かった。

「待てよ」

湊はキラを呼び止めた。

「ん？　ちひろから手を引く気になった？　やっぱ、話が通じる人で安心したよ」

キラが振り返り、童顔を綻(ほころ)ばせた。

「ちひろをどこに連れてゆく？」

湊は平板な声で訊ねた。

「事務所だけど？　それがなにか？」

キラが怪訝な顔になった。

「それは困るな。これから、ジャケの撮影なんだよ」

「ちょっと、花宮さ……」

湊は左手を上げ、止めようとする将司を制した。

「は？　あんた、それ、ジョーク？」

キラが湊に向き直った。

「真面目に言ってる。君も同業だから、ジャケ写の重要性はわかっているだろう？」

湊はキラを見据え、淡々とした口調で問いかけた。

キラの青い瞳も、湊を無言で見据えた。

十秒、二十秒、三十秒……息詰まる無言の睨み合いが続いた。

沈黙を破ったのは、キラの高笑いだった。

「もう、笑っちゃうしかないね。放してやって」

キラが、ちひろの腕を摑んでいた金髪坊主男に命じた。

「キラさん！」

「なんでですか!?」

「社長に、なんて説明するんすか!?」

「こいつも、さらいましょうや！」

四人の配下が熱り立った。

「お前ら、うるさいよ！　俺が、いままで社長の期待を裏切ったことある？」

キラが四人を一喝し、不敵な表情で言った。

「社長が怒っても、マジで知りません……」

キラの体が移動した直後、不満を言いかけた金髪坊主男が前屈みになった。

キラの拳が、金髪坊主男の腹に食い込んでいた。

続けて、キラが金髪坊主男の顎を蹴り上げた。

金髪坊主男が仰向けに倒れた。

一瞬の出来事で、湊は呆然と傍観することしかできなかった。

ちひろと将司の顔は強張っていた。

キラが狂気の笑みを浮かべ、金髪坊主男に馬乗りになった。

「社長の前にさ……」

キラは言いながら、ジャケットのポケットから取り出したペンを金髪坊主男の右の鼻孔に捩じ込み、掌で突き上げた。

右目の下の皮膚を突き破るペン先――フロアに濁音交じりの悲鳴が響き渡った。

ちひろと将司が顔を背けた。

「いでぇっ……いでぇっ……いでぇよぉ……」

血塗れの顔を掌で覆った金髪坊主男が、叫びながらのたうち回った。

「俺を怒らせるなよ」

腰を上げたキラが、ギラつく眼で金髪坊主男を見下ろした。

「今夜中に、ちひろから手を引くって電話してきたら許してやるよ。じゃなきゃ、こんなもんじゃ済まないよ」

キラが湊に捨て台詞を残し、出口に向かった。

「その馬鹿、担いできて」

キラは振り返らずに言い残し、フロアを出た。

大男が金髪坊主男を肩に担ぎ上げ、キラのあとを追った。

ほかの三人の配下も、オーディションルームをあとにした。

ちひろは、蒼褪（あおざ）めた顔で立ち尽くしていた。

「ど、どうするんですか？」

将司が掠れ、震える声で訊ねてきた。

「撮影できるか？」

湊は放心状態のちひろに訊ねた。

将司が、驚いた顔で湊を見た。

野獣――大河（トラ）の尾を踏んだ以上、突き進むしかない。

ちひろを手放せば、野獣と向き合わずに済むことはわかっていた。

だが、それをやってしまえば、今後ＡＶ業界にいるかぎり大河の駒になることを意味する。

一歩譲歩すれば次は十歩、その次は百歩……大河は嵩（かさ）にかかって「スターカラット」を食い物にしようと攻め込んでくるはずだ。

ここで踏ん張らなければ、残っているのは飼い犬の人生だ。

「アクシデントがあったから、二時半から撮影スタートだ」

湊はちひろに言い残し、スタジオに向かった。

昔の俺とは違う。聖域（スターカラット）には、一歩も入らせない。

湊は、心の中で大河に宣戦布告した。

5

「なに感じてるんだよ？　教師が生徒に手コキされて、カチカチになっていいと思ってんのかよ？」

教室のセットが組まれたスタジオの隅で、湊はちひろの撮影を見学していた。

ベージュ地にピンクのチェックのミニスカートにブラウスを着た制服姿のちひろが、下半身裸で椅子に縛りつけられた教師役の男優のペニスを右手で扱（しご）いた。

カラフルな五指のネイルに彩られた右手が上下するたびに、男優が快感に顔を歪（ゆが）めた。

代々木の撮影スタジオは六室あり、「スターカラット」の持ち物だ。

教室のほかにラブホテル、廃墟、民家の茶の間、オフィス、電車のセットが用意されており、たとえば痴漢モノの撮影のときは電車のスタジオといった具合に、シチュエーションによって使いわけられるようになっていた。

「スターカラット」の撮影を優先するが、空いているスタジオは同業他社にも開放していた。

「ほら、これが見たいんだろ？」

いわゆるヤンキー座りをしたちひろが挑発的に言いながら、ブラウスの胸元をはだけると釣鐘形の乳房が露わになった。

「君は先生に……こんなことやっていいと思って……るのか？」

男優が喘ぎながら言った。

演技ではなく本当に感じているのは、男優の尿道口を濡らす先走り汁が証明していた。

「じゃあ、こんなことは？」

ちひろは言い終わらないうちに、Tバックの股間をずらしパイパンの陰部を指で開いた。

ちひろの陰部は、撮影用のジェルを塗ってもいないのに粘液で濡れていた。

男優が緊張で勃起しないことがあるように、痴女ものに出演している女優でも濡れない場合が多い。

ちひろは、デビュー作とは思えないほど堂々としていた。

恥じらいや戸惑いが求められる清純路線の女優であれば、堂に入った演技はマイナスになってしまうが、痴女ギャルものであればプラスに働く。

「ほらほら、偉そうなこと言ってるくせに、先走り汁が出てんじゃ〜ん。ウチが、もっと気持ちよくしてあげるよ」

ちひろが男優の屹立(きつりつ)したペニスの裏側に唇を押しつけ、横に倒した顔を上下させ始めた。

「いきなりハーモニカフェラかよ」

スタジオの隅で撮影を見学していた将司が、驚いたように呟(つぶや)いた。

台本には、エロい感じでフェラをする、としか書いていない。

つまり、どういうフェラをするかは女優のアドリブだ。

フェラの経験値の少ない女優だと、まずは亀頭を舐めるか含むかでスタートするものだ。

ちひろはゆっくりと顔を下げ、男優の陰嚢(いんのう)を頬張り頬を凹(へこ)ませ吸い始めた。

数々の現場を経験しているはずのカメラマン、音声スタッフ、照明スタッフの膨らんだ股間が、ちひろの艶技が煽情的であることを証明していた。

「むぅ……や……やめないか……あふぅん……」

「やめてもいいのかよ?」

ちひろは意地悪っぽく訊ねると、亀頭の裏側を舌先でスティックキャンディのように舐め上げた。

「うふぅあ……や……やめないでくれ……」

男優が快感に顔を歪めつつ訴えた。

「だったら、頼みなよ。教え子のおまんこの中でイキたいから上に乗ってください、ってさ」

ちひろが、サディスティックな口調で言った。

「教え子の……おまんこの……中で……イキたいから……上に乗ってください……」

喘ぎながら、男優が言った。

「マジに感じてますよね？」

訊ねてくる将司に、湊は頷いた。

ゆうに千を超える現場を見てきた湊には、女優も男優も本当に感じているか感じているふりをしているかは一目でわかる。

ちひろの相手役の男優は現場数が豊富なベテランで、射精をコントロールできる技量を持っていた。

そのベテランにたいして新人のちひろが演技を忘れるほどの快感を与えていることに、湊は驚きを隠せなかった。

「しようがないから、ウチのおまんこでイカせてあげるよ」

ちひろが言いながら、男優の上に跨るとペニスを右手で摑みゆっくりと腰を沈めた。

ちひろがガニ股でしゃがんだまま、腰を上下に動かす杭打ちファックを始めると、男優の喘ぎ声のヴォリュームが増した。

ちひろが上下に尻を動かすたびに、盛り上がった臀部がぷるぷると震えていた——ロケット乳にばかり意識が行くが、ちひろは尻も最高だった。

純粋に体のよさだけなら、彩未よりもちひろのほうが上だった。

「ヤベ……勃ってきちゃいました」

将司が、バツの悪そうな顔で股間を押さえた。

「『南斗企画』の奴らが乗り込んできたのも、ちひろを見てると納得できますね。それにしても、あれからなにも言ってこないっすね。諦めたんすかね？」

将司が考え込む表情になった。

「南斗企画」のエーススカウトマンのキラが配下を引き連れて、「スターカラット」のオーディションルームに現れたのが一ヶ月前のことだった。

キラは配下を半殺しにして湊に強烈な捨て台詞を残したものの、その後は音沙汰がなかった。

「ちひろと正式に契約を交わしているのはウチだから、奴らも下手なまねはできないだろう。昔と違って、いまはＡＶ業界もコンプラで雁字搦めだからな」

湊は言った。

本音ではなかった。

たとえコンプラで雁字搦めだろうと、なによりメンツを重んじる大河が女優を引き抜かれて黙っているとは思えない。

厳密に言えばちひろは、「南斗企画」と契約したその日のうちに電話で破棄する意思を伝えているので、「スターカラット」が契約しても二重契約にはならない。

だが、そんな理屈は大河には通用しない。

一時間でも「南斗企画」の専属になった女優が他社と契約したとなれば、大河のメンツは丸潰れだ。

大河は女優を横取りされても黙認した――こんな噂が広まってしまえば、大河に盾突こうとする輩(やから)が必ず出てくる。

「南斗企画」が短期間のうちにＡＶ業界で覇権を取ることができたのは、恐怖で同業者を従わせてきたからだ。

ボス猿に衰えが見えたら、それまで畏怖していた若い雄猿が次々と戦いを挑んでくる構図と同じだ。

すぐにリアクションがない理由はわからないが、逆に不気味だった。

「花宮さんが、キラって男の要求をすべて撥(は)ねつけたときにはどうなることかと思いましたが、いまとなっては正解でしたね。ちひろは間違いなく売れますよ。『南斗企画』に持っていかれなくて、本当によかったっすよ」

将司が声を弾ませた。

このままで終わるはずがない——口には出さなかった。

無駄に将司を怖がらせる必要はない。

「先生、イッたらだめだからね！　ちひろより先にイッたら、許さないから」

ちひろが杭打ちファックから、８の字に腰を動かすグラインドファックに切り替えた。

波打つような腰の動きとうっすらと浮き出る汗ばんだ腹筋が、とてもエロティックだった。

「そう言えば、潮さんはまだか？」

湊は腕時計に視線を落とした。

午後零時十五分。

潮さん——羽田は人気男優で、得意技が女優に潮を吹かせることから、潮さんの通称で呼ばれている。

潮さんはちひろの二人目の絡みのシーンに登場する男優で、十二時にスタジオ入りする予定だった。

「あれ？　もう十五分過ぎてますね。電話してみます」

将司がスマートフォンを耳に当てたまま、スタジオを出た。

潮さんにはこれまでに百作品以上出演してもらったが、現場入りに遅れたことはなかった。

遅れるどころか、潮さんは毎回十五分前には入っていた。

「花宮さん、ヤバイっす！」

将司が血相を変えて戻ってきた。

「どうした？」

「ちょっと、いいですか？」

将司がスタジオの外に湊を促した。

「潮さん、いま病院で治療を受けているそうです」

「病院!?　事故にでもあったのか？」

「マンションのエレベーターを降りたら、いきなり三、四人の男にエントランスでボコボコにされたそうです」

「なんだって!?　強盗か？」

「いえ、金品は取られていないそうです。みな、キャップとマスクをつけていたから、顔はわからなかったと言ってます。入院は必要ないそうですが、肋骨に罅(ひび)が入っているようで今日の撮影は無理みたいです。どうしましょう？　代わりの男優を手配しますか？」

将司が伺いを立ててきた。

「いや。今日予定していたシーンは、潮吹きがメインだ。潮さんみたいに、大量の潮を吹かせられる男優はすぐにはみつからない」

湊は苦悶に満ちた顔で言った。

女優に潮を吹かせることのできる男優はいくらでもいる。

だが、女優の体質や体調によって潮の量はまちまちだ。

ビュッと飛ぶ場合もあれば、ちょろちょろの場合もある。

なので、普通の男優のテクニックでは、女優のもともとの体質やその日の体調によって潮の吹き加減が左右されてしまう。

その点、潮さんの高等テクニックにかかれば、女優の体質や体調に関係なく、いつ、いかなるときでも見事な放物線を描く潮を吹かせることができるのだ。

「じゃあ、フェイクでいきますか？」

将司が声を潜めた。

「だめだ。バレたときのリスクが高い」

湊は、にべもなく言った。

フェイクとは、潮を吹いているように見える水を噴出する小型の装置を取りつけることだ。

モザイクがかかっている状態なら、装置の存在はわからない。

だが、いまはモザイク破壊シリーズなどがネットで広く流通しており、フェイクはすぐにバレてしまう。

「リンカに連絡を取って、早めにスタジオ入りできるか訊いてくれ」

湊は将司に言った。

「え？　どうしてですか？」

将司が怪訝な顔で訊ねた。

「可能なら、リンカの絡みを前倒しして時間を稼ぐ」

リンカとの撮影をしている間に、潮さんとは違う技を持っている男優を手配しなければならない。

潮さんの分の尺、三十分をリンカの二十分の尺にプラスできれば問題解決だが、レズシーンで五十分は長過ぎる。

やはり男性視聴者が見たいのは、女優同士より男優との絡みだ。

「なるほど、わかりました」

将司が電話をかけ始めた。

湊は、潮さん以外の男優に思惟を巡らせた。

指マンの達人のゴールドフィンガーあきら、クンニの達人の舐めだるまの誠二、高速ピストンの達人のハヤブサ永太……潮さんの尺を埋めることができる技量を持つ上に、過去に仕事をしたことがある三人だ。

問題は、今日撮影にこられるかどうかだ。

湊はスマートフォンの電話帳から、誠二の番号を呼び出した。

「は!? なに言ってるの!? そんなの、ダメに決まってるでしょ!」

将司の大声に、湊は誠二の通話ボタンをタップしようとした指を宙で止めた。

「だから、そんなの通らないって！　子供じゃないんだから……」

「どうした？」

湊は将司に訊ねた。

「リンカが、撮影に出たくないとかゴネてるんですよ」

将司が強張った顔で言った。

「お前は、舐めだるまの誠二さんにかけてくれ」

湊は将司に命じながら、スマートフォンを交換した。

「了解です」

「花宮だ。撮影に出たくないって、どこか具合が悪いのか？」

湊は威圧的な口調にならないように気をつけた。

もしリンカまで撮影をドタキャンすれば、大変なことになる。

『なんか、気分が乗らないんです』

リンカが沈んだ声で言った。

「まあ、そういう日もあるよな。でも、今日だけは、なんとか頑張ってくれ。潮さんが怪我してこられなくなったから、リンカにまでドタキャンされると撮影ができなくなってしまうんだ。入り時間は、予定通りでいいからさ」
湊は諭すように言った。
『ごめんなさい。本当に、そういう気分になれないんです』
甘えたことを言うな！
喉元まで込み上げた怒声を、湊は呑み込んだ。
とにもかくにも、リンカを説得しなければならない。
「とにかく、スタジオにきてくれないか？　僕と話を……」
『ごめんなさい』
電話が切られた。
湊は、すぐにリダイヤルボタンをタップした。
受話口から無機質に流れてくるコンピューター音声……電源が切られたようだ。
もう一度、湊はリダイヤルした。
繰り返し流れてくるコンピューター音声に、湊は舌打ちした。
「どうだった？」
湊は、誠二との電話を終えていた将司に訊ねた。

「一時間あればスタジオ入りできるそうです」

「そうか。じゃあ、クンニ二十分、シックスナイン十分、クンニ&ローター五分、クンニ&バイブ五分……生意気なギャルを、誠二さんが徹底的にイカせまくるって画で行く。誠二さんはこの手のシーンを数百本撮ってるから、流れはお任せで」

「ちひろは、Mキャラですか？」

「いや、Sキャラのままだ。キモいおやじにねちねち責められて、屈辱的にイクって感じかな。誠二さんが到着したら電話くれ。俺のほうから説明するから」

湊は命じつつ、将司とスマートフォンを交換した。

「花宮さんは、どこに行くんですか？」

「リンカのマンションだ」

湊は将司に指示を出し、エレベーターに乗った。

☆

渋谷区宇田川町――湊は、コンクリート打ちっ放しの外壁のマンションの前にアルファードを横づけした。

アルファードのドライバーズシートのドアに手をかけた湊の視線が、目の前に停めてあるヴェルファイアから降りてきた、デニムのハーフパンツに白いジャケットを着た男性に釘付けになった。

褐色の肌、ミルクティーカラーのロン毛——ヴェルファイアから降りてきた男は、キラだった。

どういうことだ？　キラもこのマンションに住んでいるのか？

いや、そんな偶然はありえない。

ということは……。

湊の胸に、嫌な予感が広がった。

スマートフォンが震えた。

将司からだった。

『いま、教師のシーン終わりました』

「監督に代わってくれ」

『お待ちください』

保留のメロディが流れている間も、湊はマンションのエントランスを凝視していた。

『お疲れ様です！』

受話口から、監督の名高（なだか）のハスキーボイスが流れてきた。

「監督、撮影シーンの変更をお願いします。潮さんとリンカがドタキャンになったので、舐めだるまの誠二さんを呼びました。ちひろは生意気なギャル生徒のままいきます。いま撮ったシーンの続きで、別の教師が仇討ちでちひろをクンニしまくりイカせまくる。ちひろは、ふざけんな、禿（はげ）教師と毒づきながらも意に反して感じ始めるという設定です。尺は三十分でお願いします。全体的なイメージとしては、去年監督が撮影した、玲於奈（れおな）の『生意気ギャル鬼イカせ制裁』と同じようなストーリーでＯＫです」

『クンニと本番の配分はどうしますか？』

「ざっくり、クンニ二十分、本番十分で……」

湊は言葉を切った。

マンションのエントランスから、キラが出てきた。

数秒遅れて現れた女性……リンカ。

「また、連絡します」

湊は電話を切った。

キラはヴェルファイアのパッセンジャーシートに、リンカはミドルシートに乗り込んだ。

湊の鼓動が、アップテンポのリズムを刻み始めた。

夕立前の雨雲のように、不吉な予感が湊の心を覆った。

ヴェルファイアが発車した。

湊も、不吉な予感に導かれながらイグニッションキーを回した。

☆

不吉な予感は、現実のものになりつつあった。

リンカを乗せたヴェルファイアは、新宿(しんじゅく)通り沿いで異彩を放つ漆黒の外壁のビルの前に停まった。
八階建ての漆黒のビルは、「南斗企画」の自社ビルだった。
湊はアルファードをスローダウンさせ、ヴェルファイアの後ろに停めた。

いまなら引き返せるぞ。

声がした……無視した。

強大で獰猛な虎を相手に、勝てると思っているのか？

また、声がした……無視した。

わかっていた……誰よりも、大河の怖さを。
わかっていた……それでも、引き返さない自分を。
ヴェルファイアのスライドドアが開き、リンカが降りてきた。

湊もドライバーズシートから降りた。

「リンカ」

湊が声をかけると、リンカが強張った顔で振り返った。

「どういうことだ？」

湊は訊ねながら、リンカに歩み寄った。

「困るなぁ。撮影前の女優を動揺させちゃ」

キラがスティックキャンディを舐めながら、湊の前に立ちはだかった。

「どういうことか、説明してもらおうか？」

湊は押し殺した声で言った。

「説明って？　ウチの女優が、これから撮影に入るところだよ」

キラが涼しい顔で言った。

「ふざけるな！　リンカはウチの専属女優で、今日は撮影日だ」

湊は厳しい表情でキラに詰め寄った。

「そんな怖い顔で睨みつけられると、ボクちゃん、ちびっちゃうよ～」

キラが嘘泣きをしながら言った。

「お前、ふざけるのもたいがいにしとけよ」

湊は、キラのジャケットの襟を摑んだ。

「ふざけてるかどうか、これを見れば？」

キラが湊の手を払い除け、ジャケットの内ポケットから引き抜いた紙を湊の顔前で広げた。

「専属契約書……なんだ、これは!?」

署名欄には、リンカの本名と捺印があった。

「だから、言ったじゃん。彼女はウチの女優だってさ」

キラが両手を広げ、肩を竦めた。

「嫌がらせをしたいんだろうが、子供じみたまねはやめろ。去年交わした契約書が事務所にある。いますぐに、リンカを返せば今回のことには眼を瞑ってやる」

湊はキラの青い瞳を見据えた。

「おかしいなぁ、俺の聞いた話によれば、先月あんたに迫られて拒否したら専属契約を解除するって言われたそうだけど？」

キラがニヤニヤしながら言った。

「なっ……でたらめを言うな！」

湊は、ふたたびキラのジャケットの襟を摑んだ。

「おいおい、俺に怒るなよ。彼女から聞いた話を、そのまま伝えただけなんだからさあ。嘘だと思うなら、本人に確認してみれば？」

「リンカ、本当にそんな嘘を言ったのか？」

湊はキラの襟から手を離し、リンカに歩み寄った。

「嘘じゃないわ。本当のことよ」

リンカが、湊から眼を逸らしつつ言った。

湊は、めまぐるしく思考を回転させた。

リンカのドタキャンに嘘。

考えられる理由は一つ、キラから高額のギャラを提示されたに違いない。

理由は明白——ちひろの件の復讐。

大河が、このまま黙っているはずはないと思っていた。

だが、正面からではなく脇役を攻撃してくるとは予想していなかった。

「自分が、なにを言ってるのかわかってるのか？　こいつにいくら摑まされたか知らないが、いまなら不問にしてやる。だから、僕と一緒に戻るんだ」

湊は、リンカの手を摑もうと腕を伸ばした。

湊の手首を、浅黒い手が摑んだ。

「また、レイプする気？」

キラの口元は笑っていたが、瞳は笑っていなかった。

「お前、このへんで悪ふざけをやめないと後悔するぞ」

湊はキラに警告した。

「その言葉、あんたに返すよ」

キラが、いままでと一転した剣呑な声音で言った。

「『スターカラット』が専属契約している女優に嘘を吐かせて撮影を強行したら、訴訟になったときにどうなるかくらい想像がつくだろう？」

糠(ぬか)に釘――こんなことしか言えない自分に、腹が立った。

「好きにすれば？」

キラは余裕の表情で言った。

裁判を起こして勝つにしても、来年以降の話だ。

今日の撮影に間に合わなければ、意味がない。

「リンカを唆したのは、ちひろの撮影を妨害することが目的……」

湊は、キラに向けた言葉の続きを呑み込んだ。

「まさか……潮さんもお前らの仕業か!?」

湊は、怒りに震える声で訊ねた。

「潮さん？　誰それ？　知らないけど、自宅マンションのエントランスとかで、半グレにでもボコられたわけ？」

キラが惚けたふうに言うと、口角を吊り上げた。

確信した。

潮さんを襲撃したのは、キラの指示だ。

「大河さんの命令か？」

湊は押し殺した声で訊ねた。

「だ〜か〜ら〜、俺はなにも知らないって。でもさ、もし、大河さんの命令だとしたら、こんなもんじゃ済まないんじゃね？」

キラが不敵な笑みを浮かべ、湊を見据えた。

湊は、無言で足を踏み出した。

大河の命とわかった以上、キラと話しても意味がない。

「どこに行くの？」

キラが、「南斗企画」の自社ビルのエントランスに足を向けた湊の前を塞いだ。

「もう、お前に用はない」

湊は抑揚のない口調で言った。

「あんた、なんか勘違いしてない？」

「どけ。俺は大河さんに……」

下腹に衝撃——キラの拳が食い込んだ。

くの字に体を折った湊の顎を、キラの膝が突き上げた。

仰向けになった湊の視界で、空が回っていた。

湊は起き上がろうとしたが、体が痺(しび)れて動かなかった。

回る空に、キラの顔が現れた。

「ウチに喧嘩を売ってさ、脇役女とＡＶ男優くらいで済むと思ってんの？　本番は、これからだよ。おい、連れて行け」

キラが声をかけると、この前事務所に乗り込んできた巨漢がヴェルファイアから降りてきて、湊を肩に軽々と担ぎ上げるとビルのエントランスに向かった。

薄れゆく意識の中で、湊は弱々しく足をバタつかせた。

6

おい、起きろ。いつまで寝てるんだ？

声がした。誰に言ってるのだろうか？

おい、起きろって言ってるんだよ！

男の声は、かなりいら立っていた。

誰に言ってるのだろうか？

湊は上体を起こそうとしたが、体が動かなかった。

腹に激痛……息が詰まった。

眼を開けた。

薄暗い視界に、影が見えた。

視界が、徐々に明るくなった。

「やっと、目覚めたか？」

影――巨漢が言った。

蘇る記憶……キラの拳と膝を受けて、気絶していたのだ。

湊は顔を下に向けた。

湊の上半身にはロープが巻かれ、椅子に縛りつけられていた。

「状況摑めた？」

巨漢の背後から現れたキラが、嬉しそうな顔で訊ねてきた。

湊は首を巡らせた。

打ちっ放しのコンクリート壁で囲まれた広々とした空間、壁際に積まれた段ボール箱の山、積み重ねられたパイプ椅子……恐らく、倉庫に違いなかった。

「こんなところに連れ込んで、どうするつもりだ？」

湊は押し殺した声で訊ねた。

「あんたの望みを叶えてやるのさ」

キラが、ニコニコしながら言った。

「どういう意味……」

鳴り響く硬質な足音――湊はドアのほうを見た。

ドアが開いた。

「よう、ひさしぶりだな」

ブリーチした白髪のオールバック、長身の筋肉質な体を包むモスグリーンのスーツ……大河は革靴の踵(かかと)でコンクリート床を刻みながら、湊に歩み寄ってきた。

キラと巨漢が、弾かれたように頭を下げた。

「どうぞ」

巨漢が大きな体を丸めながら、大河にパイプ椅子を差し出した。

「できれば、こんな形で再会したくはなかったな」

大河がパイプ椅子にどっかりと座り足を組むと、片側の口角を吊り上げた。

眼球に突き刺さりそうな鷹のように鋭い視線は健在だった。

「相変わらず、荒っぽいやりかたですね」

湊は皮肉交じりに言った。

「誰よりも俺のやりかたを知ってるお前が、どうして牙を剝いた？」

大河が訊ねながら、ワイシャツの胸ポケットから引き抜いた葉巻を口の片側に押し込んだ。

湊は「南斗企画」にいた頃、大河が葉巻を吸っているのを見たことがなかった。

巨漢が体に似合わぬ素早い動きで、ライターの火を差し出した。

「牙なんて剝いてませんよ。ウチで契約したちひろって女優が、直前に『南斗企画』と交わしていた契約を破棄していた。それだけの話です。事前にそのことを知っていたら、もちろん大河さんに連絡を入れてましたよ」

嘘ではなかった。

「そのときに俺がちひろを返せって言ったら、従ったか？」

大河が、湊を突き刺すような眼で見据えながら訊ねてきた。

視線を逸らしそうになるが、我慢した。

大河の飼い犬だった昔とは違う……湊は自らに言い聞かせた。

ＡＶ業界大手の「スターカラット」の看板を背負う者として、大河とは対等に向き合わなければならない。

「ちひろが『南斗企画』との契約破棄の意思を電話で伝えてなければ、もちろんそうしました。ですが、事実上彼女はフリーの状態でウチにきました。なので、『スターカラット』の専務としてちひろを返す理由がありません」

湊はきっぱりと言い切った。

「それが、牙を剝いてるって言ってんだよ。電話で破棄しようがしまいが、ちひろは『南斗』の女優だって言えば、ほかの業者はおとなしく引く。なんでか、わかるか？ウチとやり合ったら潰されるとわかってるからだ。だが、お前は違う」

大河が吐き出す葉巻の濃い煙が、湊の顔に纏わりついた。

「大河さんを怒らせたときの怖さなら、誰よりもわかってるつもりですけどね」

湊は、頭を振って煙を払いながら言った。

「いや、わかってねえな。『南斗』のエースだった頃のお前を、俺はかわいがってきた。お前も、心のどこかで自分なら大目に見てくれるんじゃねえかって思っていたはずだ。じっさい、これまで大目に見てきた。『スターカラット』が勢力伸ばしてきても、お前がいるから見過ごしてやった。お前がいなけりゃ、ここまででかくなる前に潰しただろうよ。だが、ウチの米櫃に手を突っ込まれたとなりゃ、今回は見逃せねえ」

大河が、ふたたび葉巻の煙を湊の顔に吐きかけた。

「ですから、僕は……うっ」

手の甲に焼けるような激痛……いや、ようなではなく、葉巻の火を押しつけられた皮膚と肉が焼けていた。

「見逃せねえって、言っただろう？　おとなしくちひろを渡せば、今度だけは昔のよしみですべてを水に流してやる。だが、契約破棄しただなんだと屁理屈捏ねて反抗すれば、どんな手を使っても『スターカラット』を潰すことになる。さあ、どうするよ？　従うか？　逆らうか？」

大河が、湊に二者択一を迫ってきた。

脅しではない……わかっていた。

むしろ、「スターカラット」を潰すきっかけができたことで、大河の瞳は爛々と輝いていた。

もしかしたら、ずっと前から大河はこのタイミングを待っていたのかもしれない。

湊は、めまぐるしく思考を巡らせた。

逆らえば、「スターカラット」が攻撃される。

従っても、「スターカラット」は食い物にされる。

逆らいも従いもしない選択……。

湊の脳内に、一つのことが浮かんだ。

一か八かの勝負だが、それしか道はなかった。

「僕と賭けをしてくれませんか？」

湊は切り出した。

「ねえ、あんた、誰に向かって……」

「なんだ？　言ってみろ？」

口を挟もうとしたキラを制した大河が、湊を促した。

「僕の選んだ女優と大河さんの選んだ女優で、合同で握手会をしませんか？　ただし、二人とも新人にかぎります」

「合同で握手会？」

大河が怪訝な表情で繰り返した。

「はい。お互いが選んだ新人の握手会で、参加者の数を競うんです。一日限定で、会場を借りて新人二人の握手会と撮影会を行います。参加者は、どちらか一人の列しか並べません。これから二ヶ月の間に、それぞれ新人女優のデビュー作の予告を一分だけサンプル映像として流し、対決イベントのプロモーションを行います。プロモーション動画では、新人女優の挨拶と意気込みを語ってもらいます。アイドルの人気投票みたいなものですが、不正を回避するためにＳＮＳ投票ではなく、イベント会場で参加人数を競う形で行います」

大河が湊の提案を受け入れたら、彩未をエントリーさせるつもりだった。

大河が、どんな新人を抱えているかはわからない。

キラが優秀なスカウトマンであるのは間違いないし、「南斗企画」は過去に多くの有名女優を輩出しているので、ダイヤの原石がいても不思議ではない。

それを前提にしても、湊には彩未で勝てる自信があった。

「お前とプロデューサーとしての腕を競うってわけか？　おもしろそうじゃねえか。だが、参加者の数を競ってどうする？」

「僕が勝ったら、ちひろの件を含め、今後一切『スターカラット』には手を出さないと約束してください」

湊は言った。

「ほう。で、俺が勝ったらどうする？　まさか、ちひろをただ返すだけとか、ふざけたことを言うんじゃねえだろうな？」

「まさか。僕が負けたら、ちひろはもちろん、今回出場させる予定の期待の新人とともに、『南斗企画』に移籍します。因みにその新人は、年間十二本で三千六百万の契約を結んでいる逸材です。いままで彼女にかかった諸経費は、僕が清算します」

「期待の大型新人とともに、俺の軍門に降(くだ)るってわけか？」

大河が、真意を測るように湊を見据えた。

湊は頷いた。

もちろん、城は知らない。

それに、湊が賭けに勝ったところで大河が約束を守るとはかぎらない。

むしろ、一方的に反故(ほご)にする可能性が高かった。

なにより賭けに負けたら、「スターカラット」を裏切り大河の犬になってしまう。

だが、リスクの大き過ぎる提案を大河にするのは時間稼ぎが目的だった。新人女優対決のプロモーションの期間、イベントの準備期間を含めると二ヶ月は稼げる。

湊が勝っても大河が約束を守らずに攻撃を仕掛けてくる場合の対策を、二ヶ月の間に立てることができる。

どんなに危険な賭けであっても、いまの絶体絶命の危機よりは遥かにましな状況だ。

「お前がよくても、契約を結んでいる以上、社長が黙ってねえだろうが？」

予想していた質問が、大河の口から出た。

「その点は、大丈夫です。契約書は、僕が持ってますから。社長がなにを言ってきても、契約書がない以上は、この新人が『スターカラット』の専属女優だと証明する手立てがありません。そのへんの交渉は、大河さんの専門ですよね？」

湊は、皮肉を交えて言った。

運よく、彩未の契約書は湊が保管していた。

もっとも、彩未が負けることは考えられないので、その心配は必要ない。

大河がイベントでサクラを雇う可能性もあるが、それはお互い様だ。

湊も、正攻法で競うつもりはなかった。

湊と大河の動員できるサクラの数に、そんなに差はないはずだ。

結局は、彩未と、大河の擁する新人女優のポテンシャルの勝負になると湊は踏んでいた。

「わかった。おもしれえ！　その賭け、受けてやろうじゃねえか」

大河が、不敵な笑みを浮かべた。

勝つ自信があるのか？　負けても約束を守らないから関係ないのか？

大河の魂胆は読めないが、湊も黙って指をくわえて見ているわけではない。

稼いだ時間——約二ヶ月の間に、大河を社会的に葬る策を講じるつもりだった。

叩けば埃だらけの大河なので、つけ入る隙は十分にあるはずだ。

いつかは、やらなければならないことだ。

「スターカラット」が大きくなり続ける以上、いつかはぶつかる相手だ。

「大河さん、待ってください！　そんな賭けをしないで、ちひろをきっかけに、こいつも『スターカラット』も潰しちゃいましょう！」

キラが大河に進言した。

「いいや、賭けを受けてやる。潰すなんていつでもできるから、おもしろくねえ。こいつと勝負して、圧倒的な力の差で勝った上で食いてえんだよ。暴力だけでなく、仕事でも俺には敵わねえってことを思い知らせてやるよ」

大河の眼に、狂気の色が宿った。

「じゃあ、俺にやらせてください！」

キラが大河に志願した。

「おう、俺もお前に任せるつもりだった。ワンチャン俺に勝てると勘違いしてるこいつを、徹底的に叩き潰してやれや。おい、解いてやれ」

大河はキラにはっぱをかけ、巨漢に命じた。

巨漢が険しい顔で湊を睨みつけながら、ロープを解いた。

「賭けを受けてくださって、ありがとうございます」

湊は心の籠っていない礼を言いながら、椅子から立ち上がった。

まだ、頭がフラフラしていた。

大河に葉巻を押しつけられた右手の甲の皮膚が赤く爛(ただ)れ、ヒリヒリと痛んだ。

「上辺の言葉だが、礼を言うのは勝ってからにしろ。まあ、俺が負けることはありえねえがな」

　大河が、余裕の表情で言った。

「大河さん、ここで互いのエントリー女優を発表しましょうよ」

　キラが言った。

「それもそうだな」

　大河が意味深に笑った。

　二人の余裕が気になった。

　湊は胸騒ぎに襲われた。

「女優の名前を発表する前に、条件があります」

　湊は切り出した。

「は？　条件だと？　言ってみろ」

　大河が促した。

「エントリーした女優が怪我をしたり行方不明になったり、または急に辞退を言い出してきたりしたら、この賭けをノーコンテストにして新たな女優でやり直しということにしてください」

湊は危惧を口にした。

「あ？　なんだそりゃ？　つまり、俺がお前んとこの女優を怪我させたりさらったり脅したりするって言いてえのか？　お？」

大河がドスを利かせた声で言いながら、湊を睨みつけてきた。

網膜に穴が開きそうな眼光――逸らすのを堪(こら)えた。

ここではっきりさせておかなければ、ちひろの撮影のように妨害される恐れがあった。

「今回のことがあるので」

湊は大河の眼を見据えたまま言った。

「オーケー！　いいだろう。あとで、念書を入れてやるよ」

大河の予期せぬ返答に、湊は肩透かしを食らった気分になった。

「ありがとうございます」

「じゃあ、早速だが、女優のプロフでも見せてもらおうか？」

大河が言った。

「プロフィール写真のデータは、スマホに入れてません」

「プロフじゃなくても、なんの写真でもいいからよ。なんなら、お前がプライベートでフェラさせてる写真でもいいぜ」

大河が下卑た笑みを浮かべた。

「僕が女優に手を出さないことは、大河さんが一番知ってるじゃないですか」

湊は苦笑しながら受け流し、スマートフォンの画像フォルダを開いた。

彩未の写真は、水着が三十枚以上、私服が二十枚以上あった。

その中から湊は、少しでも大河を油断させるために、写りのよくない私服の写真をチョイスした。

水着だと彩未の抜群のスタイルのよさがわかってしまうので、私服の写真を選んだのだ。

「この子です。彩未って言います」

湊はスマートフォンを大河に渡した。

「おっ、いい子を見つけたじゃねえか。洋服越しにも、そそる体をしてるのがわかるぜ。86のDってところか？　日本男児が好きな、清純派童顔巨乳だしな」

大河が彩未の画像をピンチアウトし、食い入るようにみつめた。

大河の眼つきから、リップサービスではなく本音であることが伝わってきた。

やはり、水着の写真を見せなくて正解だった。

彩未のポテンシャルの高さを知ったら、どんな妨害行為を企てるかわからない。

賭けはノーコンテストになったとしても、彩未が傷つけられ女優生命を奪われたら元も子もなくなる。

「キラ、お前も自慢の新人のプロフを見せてやれ」

大河がキラに命じた。

「美亜(みあ)を出してもいいですか？」

キラが大河に伺いを立てた。

「お前の秘密兵器か？　ナンバー1を出すまでもないんじゃねえか？」

大河が湊を小馬鹿にしたように言った。

この余裕はなんだ？

湊の胸奥で、ふたたび危惧の念が鎌首を擡(もた)げた。

「いえ、ウチに戦いを挑んだことを徹底的に後悔させてやりますよ」

キラがカラーコンタクトで彩られたブルーの瞳で湊を睨みつけた。

そこには、いつもの飄々とした男はいなかった。

「お前が、本気になるなんて珍しいじゃねえか？　いいだろう。好きにやってみろ」

大河が、相変わらずの余裕の表情で言った。

「ほら、今度デビューするウチのエースだよ。まだシークレットだけど、特別に見せてやるよ」

キラが、自慢げな顔で言いながらタブレットPCを湊に差し出してきた。

アイドルチックなチェック柄の衣装、前髪を作ったロングヘア、子犬のような潤む大きな瞳……どこかで、見た記憶のある少女だった。

何度か会ったのは間違いない。

いや、会ったというよりも見たのかも……。

湊の脳内に、ある映像が浮かんだ。

映像は、音楽番組だった。

「まさか……」

湊は、掠れた声で呟いた。

「やっとわかった？　この子だよ」

キラが悪戯っ子のような顔で、ディスプレイをスワイプして別の動画を表示させた。

動画はアイドルのライブ映像だった。

『苺の恋人のみなさーん！　ハロハロラブリー！』

十人組のアイドルグループのセンターの少女が、観客に呼びかけマイクを差し出すと、ハロハロラブリーの声が返ってきた。

「驚いた？　再来月にウチでデビューする、元『スイーツパラダイス』の甘井苺だよ。ＡＶじゃアイドル時代の芸名は使えないから、甘井美亜の名前でいくけどね」

キラがドヤ顔で言った。

頭の中が真っ白になった。

湊の口内は、カラカラに干上がっていた。

両膝とタブレットＰＣを持つ手が震えた。

業界内で、アイドルグループの元メンバーがＡＶ制作会社と契約を交わしたという噂が広まっていたが、ガセだと思っていた。

これまでにも、元有名女優、元有名女子アナ、元有名女子アスリートがＡＶデビューすると言われながら交渉が決裂したケースは枚挙にいとまがない。

元地下アイドル、元マイナーなグラビアアイドル、元地方局アナウンサーレベルならいざしらず、メジャー級のタレントやアナウンサーをAVデビューさせるのは至難の業だ。

「スイーツパラダイス」は国民的アイドルグループの「秋葉坂45」ほどのメジャーアイドルグループではないが、プライムタイムの音楽番組に出演経験もあり、千人規模のライブ会場なら満席にできる知名度もあった。

甘井苺は体調不良で二年前にグループを脱退し芸能活動を休止していたので現役アイドルではないが、それでも在籍中は甘えっ子の妹キャラとしてメンバーで一番人気だった。

過去に数多の芸能人がデビューしていたが、苺は間違いなくトップ5に入る大物だ。

元アイドルといっても、ルックス、スタイルは苺より彩末のほうが上だ。

だが、元アイドルグループのメンバーという金看板は相当に強力だ。

圧倒的知名度という武器の前では、彩末の魅力でも太刀打ちできない。

「どうした？　急に無口になって？　あまりのショックに、喋れなくなったか？」

大河が勝ち誇った顔で言った。

こんな隠し球があったとは……。

湊は唇を嚙んだ。

脅しや暴力だけを警戒していた。

甘かった。

十年に一人の逸材で、勝利を確信していた。

だが、大河が隠し持っていた切り札は湊の切り札を凌駕していた。

屈辱だった。

暴力に屈するならまだしも、プロデューサーとして負けるのは受け入れられなかった。

「イベントは二ヶ月後の九月一日だ。会場はお前に任せるから、好きな箱を手配しろ。だが、美亜の握手会となれば半端ない数のファンが集まるだろうから、大箱を頼んだぜ」

大河の余裕たっぷりの言葉に、湊の胃がキリキリと痛んだ。

負けたら、湊は彩未とちひろとともに大河のもとで働かなければならない。

自分は、大変なミスを犯してしまったのかもしれない。

いや、これしか方法はなかった。

あのままだと大河は、半殺しにした湊を人質に「スターカラット」をなし崩しに攻撃したことだろう。

「つつーことで、お互いに念書にサインしねえとな。おい、キラ。念書を用意しろ。お前が勝ったら、今後一切、ちひろや『スターカラット』に手を出さねえ。俺が勝ったら……わかってるよな？」

大河がパイプ椅子にふんぞり返り、威圧的に湊を見据えた。

「もちろんです」

湊は、内心の動揺を悟られないように力強く頷いて見せた。

☆

「南斗企画」のビルを出てアルファードに乗った湊は、スマートフォンを取り出した。

将司と監督からの着信が、それぞれ十件以上入っていた。

監禁されて、三時間が過ぎていた。

潮さんの穴埋めに急遽立てた舐めだるまの誠二の撮影は、とっくに終わっているはずだった。

湊は将司の電話番号に折り返した。

『花宮さん、どこに行ってたんですか!?』

電話が繋がるなり、将司の逼迫した声が受話口から流れてきた。

「アクシデントに巻き込まれてな。事情はあとで話す。ちひろの撮影は、どうなった？」

『誠二さんの撮影が終わってからリンカの到着を待っていたんですが、花宮さんと連絡がつかないので、とりあえず控室に待機させています』

「バラしてくれ」

湊は将司に命じた。

『え？　まだ、撮影は終わってないのにバラすんですか!?』

将司が怪訝な声で訊ねてきた。

「ああ、そうしてくれ。あと二、三十分で着く。『ボサノヴァ』で待っててくれ」

湊は、一方的に「スターカラット」の近くのカフェを指定すると電話を切った。

アルファードを運転しながら、湊は彩未に電話をかけた。

三回目で、コール音が途切れた。

「花宮だけど、いま、電話大丈夫?」

『お疲れ様です。大丈夫です』

「今日、時間あるか?」

前振りなく、湊は切り出した。

『夕方五時以降なら、大丈夫です。なにかあるんですか?』

「仕事の話だ。会ってから話す。じゃあ、五時に『スターカラット』の俺の部屋にきてくれ」

『わかりました』

湊は電話を切った。

彩未にイベントの話をして、プロモーション用の動画を撮影しなければならない。

九月一日のイベントは約二ヶ月後……プロモーションの期間が長ければ長いほど、集客が見込める。

ただでさえ、敵は元アイドルの甘井美亜だ。

知名度と話題性というハンデに打ち勝つには、一日でも早くプロモーション動画を流す必要があった。

といっても、早く流せばいいというものではない。

美亜の場合は、極端なことを言えばプロモーション動画など撮らなくても、活字で告知するだけで物凄い数のファンや野次馬の参加者が集まるはずだ。

知名度の差を考えると、彩未の魅力を最大限に発揮させるだけでは足りない。

彩未という商品の魅力以外のなにか……付加価値次第によっては、美亜と互角に戦える可能性もあった。

湊はめまぐるしく思考を巡らせながら、アクセルを踏み込んだ。

☆

「その手、どうしたんですか!?」

待ち合わせのカフェ「ボサノヴァ」——湊が席に座るなり、将司が驚きの声を上げた。

「ああ、大河さんに葉巻を押しつけられた傷だ」

湊は他人事のように涼しい顔で言った。

「え!? 大河さんって、『南斗企画』の大河さんですか!?」

湊は頷いた。

「どうして、そんなことになったんですか!?」

将司が身を乗り出した。

キラの車に乗ったリンカを尾行し、暴行、拉致、監禁された話を黙って聞いていた将司の顔がみるみる蒼褪めた。

「それで、どうやって脱出したんですか?」

「大河さんに賭けを申し出たのさ」

「賭け?」

将司が怪訝な顔で首を傾げた。

湊は、相手が甘井苺ということを伏せ、イベント対決の話をした。

「嘘でしょ!? 負けたらどうするんですか!? 彩未やちひろと一緒に、本当に『南斗企画』に移籍する気ですか!?」

将司が蒼白な顔で、矢継ぎ早に質問してきた。

「相手は、誰だと思う？」

湊は将司の質問を質問で返した。

「え？　まだ世に出ていない新人ですよね？」

将司が訝しげな顔になった。

「『スイーツパラダイス』ってアイドルグループを知ってるか？」

「ええ。A級とB級の中間のような微妙な立ち位置ですが、個性の強いメンバーが集まっているので、熱狂的なファンが多いですよね。『スイパラ』がどうしたんですか？」

「メンバーにいた甘井苺って子を知ってるか？」

湊は質問を重ねた。

「たしか、二年前に健康上の理由で脱退した子……え？　もしかして、その対戦相手の新人って……」

将司が顔を強張らせ、言葉を呑み込んだ。

湊は頷いた。

「嘘っ……」

将司が絶句した。

「嘘だったらいいよな」

湊は笑った。

「笑ってる場合じゃないですよ！　いくら彩未でも、元アイドルに勝てるわけないじゃないですか!?　引退したとはいえ、二年前までバリバリの現役アイドルだったんですよ!?　そんな子がＡＶ女優としてイベントやるなんていったら、長蛇の列は間違いないっすよ！」

将司が興奮気味に捲し立てた。

湊の想像していた通りのリアクションだった。

それも、無理はない。

百人が聞いたら百人とも、勝ち目のない勝負だと思うだろう。

湊も同じだ。

だが、それはなんの策も講じずに正面から勝負した場合だ。

「俺は五分五分だと思っている」

「え!?　いやいや、いくら花宮さんの読みでも、それは絶対にないと言い切りますっ。どんなに贔屓目(ひいきめ)に見ても、彩未が勝つ可能性は十パーセントもないと思います！」

将司が自信満々に断言した。

「いままでの、俺のやりかたならな」

湊は意味深な口調で言った。

「どういう意味ですか？」

「目には目を……『南斗』と同じ卑劣なやりかたで戦うってことさ」

湊は強い決意を宿した瞳で将司を見据えた。

7

「デビューDVDの対決イベントですか？」

「スターカラット」の専務室――応接ソファに座った彩未が首を傾げた。

「ああ。相手は『南斗企画』の新人だ」

湊は言うと、彩未をみつめた。

彩未の瞳に不安の色は窺えなかった。

「プロモーションの一環ですよね？　どういう対決なんですか？」

彩未が質問を重ねてきた。

「九月一日までの二ヶ月間、イベントのプロモーション動画を流して集客する。ファンは目当ての女優のＤＶＤを買うことで、握手とサインをしてもらえる。単純に、君と『南斗企画』の新人のどっちに、たくさんのファンが集まるかの対決だ。自信がないなら、やめてもいい」

湊は彩未の表情を窺った。

「いえ、やらせてください」

彩未が自信に満ちた表情で即答した。

「ありがとう。君なら、そう言ってくれると思っていたよ」

湊は言った。

「将司さん、具合悪いんですか？」

彩未が心配そうに将司に訊ねた。

「え？　あ、いや、ちょっと寝不足でさ」

将司が曖昧に誤魔化した。

湊にはわかっていた。

将司の顔色がなぜ優れないのかが。

「最初に言っておくが、これはただのイベントじゃない。『スターカラット』と『南斗企画』のプライドを賭けた戦いだから、絶対に負けるわけにはいかない」

湊は本題を切り出した。

「相手はどんな子ですか？」

湊は無言で、アイドル時代の甘井苺の宣材画像が表示されたタブレットＰＣを彩未の前に置いた。

「え？　この子って……」

彩未が驚きに眼を見開いた。

「アイドルグループ『スイーツパラダイス』の、元メンバーの甘井苺だ。再デビューでは甘井美亜だが」

湊は、敢えて抑揚のない口調で言った。

「ファンがついている元アイドルの子に、無名の私が勝てますか？」

それまでとは一転して、彩未が不安げに訊ねてきた。

「ビジュアル、ボディ、素材では、君が勝っている。だが、イベントの集客対決では勝てないだろう」

湊は正直な思いを伝えた。

また、誤魔化してどうなるものでもない。

圧倒的に不利な事実を認識させた上で、湊が立てた戦略を話さなければならない。

「私、負けるの嫌です！」

彩未が、強い光の宿る眼で湊をみつめた。

第一関門クリア――湊は胸を撫で下ろした。

ここで心が折れているようでは、甘井美亜相手に番狂わせを起こすことなど不可能だ。

湊が見込んだ通り、彩未の性格は女優向きだ。

アスリートと女優は、自分が一番だという自信と負けん気がなければやってゆけない職業だ。

「甘井苺に勝てる方法があると言えば、なんでもやるか？」

湊は本題に切り込んだ。

「やります！　なにをやればいいんですか？」

彩未が身を乗り出した。

「デビューイベントの参加者には、二作目の『清水彩未のフェラ100人斬り』の抽選券を差し上げます、というスペシャルオプションをつける。抽選に当たった百人の参加者はAVに出演することができ、外れた参加者のうち三百人は現場で見学できる。こんな感じで、プロモーション動画を作ろうと思っている」

湊は、大河に一泡吹かせる戦略を口にした。

考えた末に、元アイドルを倒すにはこの方法しかないという結論に達した。

彩未にフェラチオしてもらえる可能性があるなら、握手だけの元アイドルの列に並ぶよりも魅力的だと考える参加者が続出する可能性は高い。

それに、同じ会場なので彩未の列に並んでも甘井美亜を見ることはできる……目の保養はできるのだ。

大河サイドが、彩未のプロモーション動画を見たら真似するかもしれないという心配はいらない。

元アイドルの金看板を持つ甘井美亜の契約金は、ゆうに億は超えているだろう。

元アイドルの新鮮味が薄れる六作目あたりからならばあるかもしれないが、二作目でファンと絡ませるような作品を撮るはずがない。

目先の集客対決に勝つために、甘井美亜の商品価値を落とすようなことをしてしまえば、人気が急落し契約金を回収できなくなるという最悪の事態も考えられる。

それに、湊が集客対決に負けたら彩未、ちひろとともに「南斗企画」に移籍しなければならないことに比べ、大河は負けても、ちひろが「スターカラット」の専属女優になることを認めるだけで事実上の損害はない。

「花宮さん、まずいですよ！　彩未はウチの期待の新人ですし、二作目でファンと絡む企画をやってしまえばマイナスになります！」

将司が苦言を呈してきた。

将司は間違っていない……というよりも正論だった。

一般人と絡ませて損をするのは、甘井美亜だけではない。

彩未ほどのクオリティの高い新人なら、ノーマルな清純路線で五作は売れる。

だが、それは「スターカラット」で女優を続けることができたらの話だ。

『清水彩未のフェラ100人斬り』の企画が彩未の商品価値を一時的に落とすことになっても、いまは大河との賭けに勝つことを最優先しなければならない。

ダウンしたイメージなら、三作目以降のプロデュース次第で再浮上させることも可能だが、大河の軍門に降ってしまえば、湊も彩未も都合のいい消耗品として使い捨てられてしまう。

「この対決に負けてしまえば、どうなるか話したよな？」

湊は将司を見据えた。

「大河さんとの賭けなんて、やめちゃえばいいじゃないですか！　だいたい、負けたら花宮さんと彩未が『南斗企画』に移籍するなんてナンセンスですよ！」

将司が、鬱積していた思いをぶつけてきた。

湊は心で舌打ちした。

彩未には、敢えて言わないでいたのだ。

「いまの話、本当ですか？」

やはり、彩未は聞き逃さなかった。

「君は気にしなくていい」

「教えてください。私が彼女に負けたら、花宮さんと『南斗企画』に移籍しなければならないんですか？」

彩未が執拗に食い下がってきた。

無理もない。

賭けに負けたら、専属契約したばかりの「スターカラット」から、反社との繋がりがあると噂される「南斗企画」に移らなければならないのだ。

「心配するな。もしそうなっても、君だけは『スターカラット』に残れるようにするから」

「私、やります！」

彩未の想定外の言葉に、湊は驚きを隠せなかった。

「二作目が過激な企画になってしまうが、大丈夫か？」

湊は確認した。

あとから、やっぱりできません、では済まない話なのだ。

「大丈夫です！　甘井苺さんに勝てるなら、なんだってやります！」

微塵の迷いもなく、彩未が即答した。

「彩未っ、軽々しく決めたらだめだよ！　自分がなにを言ってるのか、わかってるのか!?」

将司が厳しい口調で彩未を窘めた。

「私、軽々しく言ってません。この世界に入ると決めたときに、一番になると誓ったんです！　セクシー女優は、人前で裸になってセックスをする仕事です。一度デビューしてしまえば、何十年も動画や画像が残ってしまいます。家族や友人はもちろん、将来生まれてくる子供や子供の友達、子供の友達の親が見てしまう可能性があります。未来の子供を苦しめるなら、せめて一番でいたいんです。セクシー女優の枠を超えて、映画やドラマでも活躍できるような存在に。だから、今度のデビューＤＶＤ対決は、絶対に勝ちたいんです！」

彩未が、熱っぽい口調で言った。

湊は、彩未を甘く見ていたのかもしれない。

ただの負けず嫌いではなく、プロ意識を持ってこの世界に飛び込んできたのだ。

「ということだが、まだ反対か？」

湊は将司に視線を移した。

「いえ、俺の負けです。すみませんでした！」

将司が苦笑し、冗談めかして彩未に深々と頭を下げた。

☆

『清水彩未です！　九月一日に渋谷の「エルサール渋谷プレミアホール」で、私のデビューDVD、「君は1万パーセント少女」の握手会イベントを行います！　私の初めてのイベントなので、たくさんの方に会いにきてほしいです！　それから、みなさんに、ビッグニュースがあります！』

「スターカラット」の撮影スタジオで湊は、三時間前に撮影を終えた彩未のPR動画をチェックしていた。

白いビキニから零れそうな美巨乳、血管が透けるような白い肌、ほどよく脂肪の乗った腰回り、キュッと上がった桃尻、肉付きのいい長い足……何度見ても、彩未は日本人好みの抱き心地がよさそうな理想のスタイルをしていた。

くわえて、童顔でアニメ声なので、彩未が売れないわけがなかった。

童顔巨乳アニメ声のセットが人気なのは、セクシー女優にかぎったことではない。彩未はグラビアアイドルとしてはもちろん、正統派アイドルとしても十分に通用する素材だ。

『イベントに参加してくれた方には、抽選券を配ります。この抽選で選ばれた百名の方は、私の二作目、「清水彩未のフェラ100人斬り」の出演権が当たります！　出演権が外れた方の中から三百人の方には、撮影現場の見学権が当たります！　みなさんとの共演を楽しみにしてますので、九月一日は私に会いにきてください！』

「あざとそうなビジュアルなのに、まっすぐ一生懸命なところがいいですね！　これ見て、参加しない男はいないでしょう！」

ノートパソコンのディスプレイを食い入るようにみつめていた将司が、興奮気味に言った。

つい数時間前までファン参加の制作に大反対していた将司だったが、彩未のAV業界にたいする熱意に心を打たれ、いまではすっかり協力的になっている。

「たしかに、男の本能に訴えかけるいい動画になったと思うが気は抜けない。敵は知名度のある元アイドルだから、油断は禁物だ」

将司の気を引き締める意味で言ったのではない。

湊の認識は、飛び道具を使うことでようやく甘井美亜と同じリングに立てたというものだった。

「でも、社長に報告しないで進めちゃって、本当に大丈夫ですか？」

将司が一転して、不安げな顔で訊ねてきた。

「大丈夫じゃなくても、秘密にするしかない。社長が許可してくれるとは思えないからな」

「じゃあ、逆に協力をお願いしてみたらどうですか？　社長はまっすぐで部下思いの人なので、なんとかしてくれるんじゃないんですか？」

「だから、黙ってるんだよ」

湊は即座に答えた。

「え？　どうしてですか!?　社長はいろんな人脈があるから、もっといい形での解決策がみつかるかもしれないですよ。俺は、リスクのある対決イベントをするよりも、社長に相談したほうがいいと思いますけど」

　将司が進言してきた。

「逆だよ。社長が絡むことで、余計に事が大きくなる。もっと言えば、大きくなっても大河さんを抑えることができるならいいが、それは不可能に近い」

　湊は淡々とした口調で言った。

「向こうが一線を越えてきたら警察沙汰になりますから、ある意味思うつぼじゃないですか？」

「警察は、なにかが起こらなければ動かない。大河さんは敵と認識した相手を排除するためなら、手段を選ばない人だ。なにかが起こってからでは取り返しのつかないことになってしまうし、なにかが起こっても『南斗企画』との繋がりを立証できない半グレが自首して終わりになるだろう。俺が拉致監禁されたことを、忘れたのか？」

「たしかに、そうですね。でも、そんな相手なら、イベント対決に負けても約束を反故にして攻撃を仕掛けてくるんじゃないですか？」

「だろうな」

　湊はあっさりと認めた。

「だろうなって、どうするんですか？」

「とりあえず、プロモーション期間の二ヶ月は稼げた。この間に、大河さんがなにかを仕掛けてくることはないはずだ。万に一つも、甘井美亜が負けるとは思っていないだろうしな。二ヶ月の間に、虎退治の方法を考えるさ」

虎退治――どんなに強靭な虎であっても、急所を狙えば仕留めることができる。

ただし、数ミリでも急所を外してしまえば、仕留められるのは湊のほうだ。

「虎退治って、どうするんですか？」

将司が不安げな顔で訊ねてきた。

「それは、これからのお楽しみだ」

湊は将司の質問を曖昧に受け流し、スマートフォンを手にした。

電話帳から、ある人物の電話番号を呼び出した。

できるなら、かかわり合いになりたくない人物だった。

だが、虎を退治するには同じ強さの猛獣に接触する必要があった。

「出かけてくる。プロモーション動画の編集を急いでくれ」

湊は将司に言い残し、撮影スタジオをあとにした。

8

青山(あおやま)通り沿いのガラス張りのビル――エントランスに足を踏み入れた湊は、受付カウンターに向かった。

「『ファーストクラス』の小木(おぎ)社長と五時に約束している『スターカラット』の花宮です」

「お待ちください」

女性スタッフが、受話器を手に取り小木に確認の電話を入れた。

「花宮様、お帰りのときにお戻しください」

女性スタッフからＩＣカードを受け取った湊は、セキュリティゲートを抜けてエレベーターに乗った。

八階。エレベーターの扉が開いた瞬間、湊は息を呑んだ。

「よう、久しぶりだな」

ベビーピンクのスーツを粋に着こなした、ロングヘアの百九十センチ近い男――小木が湊を出迎えた。

「びっくりしましたよ。まさか、出迎えてくれるとは思わなかったので」

湊は恐縮したふうを装い、小木に頭を下げた。

「出迎えたわけじゃないさ。お前の話は、人に聞かれないほうがいいような気がしてな。だから、秘密部屋に案内するよ」

小木が冗談とも本気ともつかない口調で言いながら、メインフロアには入らずに廊下を奥へと進み始めた。

「こんなところで悪いが……」

小木が、廊下の突き当たりのドアを開けた。

「あ、スタジオなんですね」

湊は、二十坪ほどの鏡の壁に囲まれた空間を見渡した。

「ウチのタレントがダンスや演技のレッスンをするときのために、同じ階に借りたんだよ。移動も楽だし、スタジオ料も結果的に安くつくしな。適当に座ってくれ」

小木がスタジオの隅に設置してある冷蔵庫から二本のミネラルウォーターのペットボトルを取り出し、そのうちの一本を湊に渡してリノリウムの床に腰を下ろした。

「ありがとうございます。いま、所属タレントは何人くらいいるんですか？」

湊は訊ねつつ、小木の正面に座った。

「ファーストクラス」は連ドラのメインキャストクラスの俳優を複数抱える、中堅の芸能プロダクションだ。

「新人も含めると四十人ってところかな」

「小木さんのところのタレントの活躍は凄いですね。ドラマやＣＭで、毎日のように見てますよ」

「ありがとう。お前こそ、いまや『スターカラット』の不動のエースとして大活躍じゃないか」

「不動のエースではありませんが、小木さんにそう言ってもらえると素直に嬉しいです」

「で、本題はなんだ？　まさか、八年ぶりにそんなことを言うためにアポを取ってきたわけじゃないだろう？」

小木が色つきサングラス越しに、湊を見据えてきた。

「はい。大河さんの件で、お願いがあってきました」

湊は単刀直入に切り出した。

腹の探り合いをしている時間はなかった。

「お前が急に会いたいと言ってきたから、嫌な予感がしていたんだよ。やっぱり、ここで話して正解だったな」

小木が苦笑した。

小木は湊が「南斗企画」を辞めた八年前の時点では副社長であり、大河が会長の半グレ組織「昇竜連合」の副会長だった。

大河と小木は同い年であり、十代の頃からのつき合いだ。

湊が辞めてからしばらくして、小木が芸能プロダクションを起ち上げたと風の噂で聞いた。

最初は「昇竜連合」の系列だと思っていたが、完全な独立だった。

湊は、「南斗企画」でともに働いていた元スカウトマンの三ツ谷に接触し、情報収集した。

盟友だった二人の間に亀裂が入ったと思ったが、当ては外れた。

「ファーストクラス」で女優やグラビアアイドルとしてデビューさせたタレントに、

「元芸能人」というプレミアをつけてAVデビューさせる。

冠がつくだけで、契約金も十倍に跳ね上がる。

だが、「南斗企画」の系列の芸能プロダクションに所属しているタレントだとマスコミに出来レースを嗅ぎつけられる危険性があり、そうなれば「元芸能人」の付加価値が暴落してしまう。

だからこそ、小木は「南斗企画」から独立して芸能プロダクションを起ち上げたのだ。

徒労に終わった……湊がそう思ったとき、三ツ谷からとんでもない土産話を聞いた。

『花宮、おかしなこと考えるなよ。もし、大河さんとやり合おうなんて考えてるならやめておけ。五年前に、朝田リオってアイドルが自殺したのを覚えてるか？』

『もちろん。病気療養のために芸能界を休業しているときに、新宿の高層ビルから飛び降りたんだよな？　鬱病を患っていたとかなんとか、マスコミは報じていた気がする』

『鬱病を患っていたのは本当だが、その原因は大河さんと小木さんが作ったのさ』

『え？　朝田リオは「サニープロ」の所属で、小木さんのとこの事務所じゃないし、当然、ＡＶデビューもしてないじゃないか？』

『朝田リオが病気療養した理由は、「サニープロ」から「ファーストクラス」への金銭移籍が決まっていたからなんだよ』

『金銭移籍って、小木さんが「サニープロ」から朝田リオを買ったってことか？』

『そうだ。正確に言えば、「南斗企画」が「ファーストクラス」に用意した金の一部で、朝田リオを買ったということさ。彼女には、既にそこそこの知名度があったから「ファーストクラス」に移籍したことは公表せずに、「南斗企画」に卸したってわけさ』

『つまり、朝田リオはＡＶ女優になることを苦に自殺した……そういうことか？』

『ああ。だが、マスコミは前の事務所で病気療養しているところまでしか摑んでないから、「ファーストクラス」と「南斗企画」の名前が公になることはなかった。もちろん、「サニープロ」も真実を公表するなんて馬鹿なまねはしない。多額の移籍金も貰ってるし、なにより大河さんに消されてしまうからな』

『でも、証拠はないんだろ？』

『母親あてに残した遺書があるらしいが、保身のために小木さんが持ってるんじゃないかって噂もある』

『保身のため？　なんで？』

『万が一、大河さんと揉めたときの保険だろ。まあ、本当に朝田リオの遺書を持ってたらの話だけどな』


「じつはいま、大河さんと揉めています」

湊は回想の扉を閉め、ちひろの件から始まった「南斗企画」とのトラブルから、彩未と甘井美亜のデビューＤＶＤイベント対決に至るまでの流れを話した。

尤も、既に大河から聞かされている可能性も高かった。

「それは災難だったな。よりによって、虎の尾を踏んでしまうとは」

小木が他人事のように言いながら、電子タバコをくわえた。

そう、他人事。小木にとって湊と大河のトラブルは、対岸の火事に過ぎない。

「まったくです。今度のイベント対決で負けて『南斗企画』の軍門に降るのは仕方がないですが、問題は勝ったときです」

湊は強張った顔を作ってみせた。

「どうして、勝ったときが問題なんだ？」

小木が怪訝な顔で訊ねてきた。

演技――小木には、その意味がわかっているはずだ。

「大河さんが、負けを認めて素直に引くと思いますか？」

「たしかに、それはないだろうな」

「はい。一方的に約束を反故にして、僕や『スターカラット』を潰しにかかるでしょう。そこで、お願いしたいというのは、小木さんに守ってほしいんです」

湊は、小木の眼をみつめながら言った。

「なるほど。八年ぶりにコンタクトしてきた理由はそれか。そうしてやりたいのは山々だが、俺にそんな力はないよ。お前も、知ってるだろう？　大河の恐ろしさを」

小木がため息を吐きながら、小さく首を横に振った。

「ええ、知ってます。でも、小木さんは大河さんの急所を握ってますよね？」

湊は意味深な言い回しをして、小木の様子を窺った。

急所――朝田リオの遺書。

遺書が存在すると確定したわけでもないし、存在していたとしても小木が所持しているとはかぎらない。

一か八かの賭けだった。

小木が遺書を持っていなければ、大河を牽制することはできない。

だが、朝田リオが自殺した真実を湊が知っていると思わせるだけで、小木には相当な脅威になる。

ただし、小木が大河に相談するというリスクもあった。

そうなった場合、デビューＤＶＤ対決を待たずに大河が湊を襲撃してくるだろう。

そうなるかならないかは、湊が小木をコントロールできるかできないかにかかっていた。

どちらにしても、大河を抑えるにはリスクを承知の上で、小木という保険を確保しておく必要があった。

「急所って、なんのことだ？」

小木がさらに怪訝な顔になった。

「朝田リオの自殺の真相ですよ」

小木の顔が瞬間強張ったのを、湊は見逃さなかった。

朝田リオの遺書を持っているかどうかまではわからないが、小木と大河が彼女を自殺へと追い込んだのは間違いないようだ。

「お前、なにか勘違いしてないか？　俺は彼女と会ったこともないんだぞ」

小木が平常心を取り戻し、一笑に付した。

「シラを切るのは構いませんが、僕はすべてを知ってますし、彼女の死に小木さんと大河さんが深く関係していることも知ってます。もちろん裏付けも取ってありますし、証言する人間もいるので、場合によってはメディアに持ち込むこともできます。たとえば『週刊文秋』あたりで特集を組んでもらえば、『ファーストクラス』のタレントの映画、ドラマ、ＣＭがお蔵入りになり、物凄い額の違約金を支払うことになるでしょうね」

湊は淡々とした口調で小木を恫喝した。

「お前……まさか、俺を脅しているのか？」

それまでの余裕が消え、小木の血相が変わった。

「いえ、脅しではなく交渉です。僕がデビューＤＶＤ対決に勝っても、大河さんが約束を反故にした場合は盾になってほしいのです」

「なにが交渉だ！　こんなもん、脅しだろうが!?」

　小木が声を荒らげた。

「交渉ですよ。僕の盾になってくれたら、小木さんが紹介してくれるタレントを『南斗企画』以上の額で契約させていただきます。朝田リオのときと同様に、『ファーストクラス』に移籍した事実を公表しないまま『スターカラット』に卸してくれれば、大河さんも小木さんが絡んでいるとは気づきません。どうです？　小木さんにとっても、悪い話じゃないでしょう？」

　湊は小木に微笑みかけた。

　湊にとっても、悪い話ではなかった。

　元芸能人というプレミアのついたセクシー女優をデビューさせるシステムを構築できれば、「スターカラット」の利益にも繋がり、「南斗企画」を突き放して業界一位の座を不動のものにできる。

「お前に協力したくても、俺には大河を抑えることは不可能だ」

　小木が芝居じみた口調で言った。

「いえ、可能です。あなたが持っている朝田リオの遺書が警察に持ち込まれれば、大河さんは刑務所行きです。遺書の在処(ありか)がわからないかぎり、小木さんに下手な手出しはできませんよ。それでも遺書など知らないと言い張るなら、僕がマスコミに……」

「もう、やめろ」

小木は湊を遮り、立ち上がった。

「どこに行くんですか？」

「飲みに行くぞ。相手は凶暴な虎だ。場所を変えて、今後の対策をじっくり立てようじゃないか」

小木は観念したように言うと、スタジオの出口に向かった。

損得を瞬時に計算し、答えが出たら素早く切り替えるところは昔と変わらない。

「喜んで」

湊も立ち上がり、小木のあとに続いた。

言葉とは裏腹に、湊は後味の悪さを感じていた。

汚い手段を使い小木を従わせるやりかたは、大河となにも変わらない。

湊は、胸奥に渦巻く罪の意識を打ち消した。

大河が危険な猛獣なら、湊はそれ以上の危険な猛獣になり、敵を喰い殺すことも厭(いと)うてはならなかった。
☆

「花宮さん！　物凄い再生回数です！」

専務室――湊と並んでタブレットＰＣのディスプレイを覗き込んでいた将司が興奮気味に叫んだ。

彩未のプロモーション動画の再生回数は、十五万回を超えていた。

「デビューＤＶＤ対決イベント」まであと一ヶ月。

将司が言ったように、再生回数は順調に伸びていた。

「そう興奮するな。十五万回再生されたからって、ほとんどは軽い気持ちで覗いた奴らだ。再生した奴が全員参加するわけじゃないからな」

湊は冷静な口調で将司を窘めた。

「でも、十五万回ですよ？　そのうちの五パーセントが参加するとしても、七千五百人ですよ！」

　将司は相変わらず興奮していた。

「ばーか。ＳＮＳ広告の購買率は、閲覧数の一パーセントあれば大成功と言われてるんだぞ。過去のデータを見ると、〇・二パーセントから〇・三パーセントといったところだ。つまり、三百人から四百五十人っていう数字が現実的だ」

　湊は淡々とした口調で言った。

　将司を戒めるために、厳しめに言ったわけではない。

　湊が口にしたのは、現実的な数字だ。

　セクシー女優が出ている動画なら、彩未に興味がなくてもとりあえず再生する者がいるだろう。

　十五万回の再生回数には、物理的に東京の会場までくることのできない地方在住者も数多く含まれているはずだ。

　そう考えると、将司に言った三百、四百という数でさえ保証できない。

「三百から四百五十ですか⁉」

　将司が素頓狂な声を上げた。

「甘井美亜でも、それくらいの数は余裕で集まる。まあ、千人台は並ぶだろうな」

湊はディスプレイに視線を向けたまま言った。

「じゃあ、ヤバイじゃないですか！　どうするんですか!?　負けたら、花宮さんと彩未は『南斗企画』に行かなきゃならないんですよね!?」

将司が不安げな顔になった。

「このまま再生回数が止まったらヤバイだろうな。だが、現実的にそれはありえない」

「じゃあ、勝てると思ってもいいっすよね？」

湊が頷くと、将司の顔がパッと明るくなった。

湊に不安はなかった。

プロモーション期間は、まだ折り返し地点だ。

イベント参加者の中から抽選で百人が、彩未のデビュー二作目の『清水彩未のフェラ１００人斬り』に出演でき、三百人が撮影を見学できるというスペシャルオプションをつけているので、ＳＮＳで噂が広まり再生回数は前半以上に伸びていくだろう。

甘井美亜のほうは、よくも悪くも動員できる参加人数は決まっている。

プロモーション前半で千人の参加が決まっても、後半で二千人になるとは考えづらい。

だが、裏を返せばどんな状況でも確実に千人は集まるだけの固定票を持っているということだ。

一方の彩未は、スペシャルオプションをつけずに純粋に参加者を募れば五百人が限界だろう。

固定票では負けても、彩未には伸びしろがある。

今後のSNSでの拡散次第では、二千人も不可能ではない。

「『南斗』は、約束守りますかね？　大河って社長は、目的を達成するためには手段を選ばないヤバイ人なんですよね？　じっさい、花宮さんも拉致られましたし……」

将司の顔が、ふたたび曇った。

「心配するな。ちゃんと手は打ってあるから」

湊は言った。

「どんな手を打ったんですか？」

将司が興味津々の表情で訊ねてきた。

「お前は知らなくていい。とにかく、安心していいから」

湊は将司の肩に手を置き、頷いて見せた。

「わかりました。花宮さんを信用してますから！　じゃあ、俺、原石を発掘してきます！」

将司が笑顔を取り戻し、専務室をあとにした。

この業界の心臓は新人女優だ。

セクシー女優の新陳代謝は激しい。

デビュー作でヒットを飛ばしても、一年後に第一線で活躍できている確率は低い。
一、二作で飽きられるパターン、心身を患いセクシー女優を続けられなくなるパターン、親や彼氏に顔バレして強制的に引退させられるパターン……理由は様々だが、三年以上トップで活躍できる女優はほんの一握りだ。
だから、常に新人をスカウトし続けなければ業績が先細りしてしまう。

厳しい言いかたをすれば、セクシー女優は消耗品と同じだ。

飽きっぽいファンは、すぐに新しい女優に目移りする。

一般の女優と違いセクシー女優は、キャリアを重ねるほどに商品価値は落ちてゆく一方……セクシー女優の全盛期はデビュー作だ。

湊はタブレットPCをシャットダウンし、ハイバックチェアに深く背を預け大きく息を吐いた。

疲れが蓄積していた。

この一ヶ月、彩未のプロモーション動画を拡散するために、日に二時間の睡眠でタブレットPCに向き合い作業していた。

セクシー女優について語っているスレッド、影響力のある男性YouTuber、AV好きを公言している芸人……湊は片端からプロモーション動画のURLを送った。

今回の対決で負けたくなかった。

負けたら「南斗企画」に移籍しなければならないということばかりが理由ではなかった。

昔の自分とは違うということを、大河に見せつけたかった――この業界でナンバー1は自分だということを、大河に思い知らせたかった。

無意識のうちに、大河の背中を追っている自分がいた。

「南斗企画」を辞めて「スターカラット」に移ってから、大河を超えるために湊は無我夢中で走り続けた。

大河の人間性も暴力的なやりかたも軽蔑していた。

だが、セクシー女優として花開く原石を見極める大河の眼力は図抜けていた。

湊が「南斗企画」でトップスカウトマンの名をほしいままにできたのも、大河の教えがあったからだ。

大河に恩があるとすれば、ＡＶ業界で一流と呼ばれるスカウトマンになれたことだ。

だが、感傷に浸ってはいられない。

大河の出方によっては、師匠を容赦なく倒さなければならない。


『お前の読み通り、朝田リオの遺書は俺が保管している』

事務所から移動したバーで、小木はあっさり告白した。

『教えてくれて、ありがとうございます』

『礼を言うのは、まだ早い。俺は遺書を持っていると認めただけで、お前側に付くとは言っちゃいない』

『でも、僕側に付いてくれないと小木さんは刑務所行きになります』

湊は、さらりと小木を恫喝した。

『だろうな。でも、大河を敵に回すくらいなら、一人で罪を被(かぶ)って刑務所に行くという選択肢もある。そうなると芸能プロはやってゆけなくなるが、朝田リオを死に追い込みはしても殺したわけじゃないから死刑にはならないだろう。初犯だし、模範囚をやってれば五、六年で出てこられるはずだ。だが、大河を敵に回せばどんな報復を受けるかわからないからな』

『大丈夫です。小木さんが大河さんに報復されることはありません』

湊は言い切った。

『ほう、なぜそう思う？』

『僕に遺書を預けるからですよ。朝田リオの件を嗅ぎつけた僕は、極秘に彼女の調査をしていた。調査の流れの中で、彼女から遺書を託されていた友人の存在を突き止めた。大金を支払い遺書を買い取った僕は、小木さんを脅した。遺書をマスコミや警察に持ち込まれたくなければ、タレントをウチでAVデビューさせてください……とね。これなら小木さんが遺書を持っていたことにならないし、もちろん大河さんを敵に回すことにもなりません。どうです？　いいアイディアだと思いませんか？』

『お前が俺を裏切ったら？　遺書を渡した途端、本当にウチのタレントを回せと言ってくるかもしれないだろう？』

『たしかに、その可能性はありますね。でも、僕としては百パーセントありえませんね。大河さんだけでも大変なのに、小木さんまで敵に回すような馬鹿なまねはしませんよ。もちろん、ただとはいいません。それなりの額で買い取らせていただきます』

三日後、小木から連絡があり「商談」は成立した。


湊はデスクの一番下――施錠されている引き出しを解錠して開けた。

書類に紛れさせていた白い封筒を取り出しみつめた。

この封筒が、湊の命綱だ。

ノックの音――湊は封筒を引き出しに戻し施錠した。

「どうぞ」

湊は嫌な予感に導かれながら、ドアを開けた。

「ちょっと、いいか？」

城がいつになく厳しい表情で言った。

嫌な予感が現実になりつつあった。

「気づきましたか？」

湊は言いながら席を立ち、城を応接ソファに促した。

「気づきましたかじゃないだろう？　お前、無断でなにをやってるのかわかっているのか!?　彩末のデビューDVDイベント対決って、どういうことだ!?」

城が腰を下ろさず、立ったまま湊を咎めてきた。

「いま説明しますから、とりあえず座ってください」

湊が言うと、憤然とした顔で城が腰を下ろした。

ちひろの二重契約の件で「南斗企画」のキラ達が乗り込んできたこと。

湊がキラ達に拉致、監禁されて暴行を受けたこと。

デビューDVDイベント対決は、大河が「スターカラット」に攻め込んでくるのを防ぐための苦肉の策だったこと。

湊が対決で勝ったら大河はちひろの件を諦め「スターカラット」に手出しはせず、負けたら彩末とともに「南斗企画」に移籍すること。

「お前、なんてことを……どうして、『南斗』の連中が乗り込んできたときにすぐに言わなかったんだ!?」

湊の説明を聞き終えた城が、もどかしげな口調で言った。

「僕のところで止めたかったんです。社長が出て行けば、大河さんの思うつぼです。あの人は、『スターカラット』に喧嘩を売るきっかけがほしくてたまらないわけですから」

城が出て行けば、大河はここぞとばかりに会社同士のトラブルとして「スターカラット」との全面戦争を始める大義名分にしたことだろう。

「だからって、お前がさらわれてリンチを受けているのに、俺が知らん顔してるわけにはいかないだろうが！　そもそも、負けたらお前と彩未が『南斗企画』に移籍するような賭けを黙認できると思うか!?」

城の怒りはおさまらなかった。

無理もない。

信頼している右腕に、なんの相談もされなかったことが哀しく、腹立たしくて仕方がないのだろう。

「黙っていたこと、勝手にこんなイベント対決を始めたことは謝ります。でも、会社を巻き込むことはできません。大河さんの怖さは、『南斗』にいた僕が一番知ってますから」

大河に話し合いを求めるのは、ヒグマと出くわしたときに襲わないでくれと懇願するのと同じだ。

「俺や会社を気遣ってくれるのはありがたいが、哀しいな。そんなに、俺が頼りないか？　こう見えても、『スターカラット』をここまでにするのにいくつもの修羅場を潜ってきた。大河と渡り合える力は、持っているつもりだ」

城が口惜しそうに言った。

城のプライドを傷つけてしまったのかもしれない。

だからといって、考えを変える気はなかった。

たとえそうだとしても、城の肉体や会社が傷つけられるよりましだ。

「言い訳をするつもりはありません」

湊は立ち上がった。

「話はまだ終わって……」

怪訝そうな城の言葉を遮るように、湊は土下座した。

「おい、なにしてる？　なんのつもりだ？」

「あと一ヶ月だけ、目を瞑ってください！　お願いします！」

湊は顔を上げ、強い思いを込めた瞳で城をみつめた。

「お前、そこまでして……」

城が言葉を切り、眼を閉じた。

室内に重苦しい沈黙が続く間、湊は城をみつめていた。

「わかったから、ソファに戻れ」

城が眼を開け、観念したように言った。

「ありがとうございます！」

湊は立ち上がり、ソファに戻った。

「ただし、二つ約束しろ。一つは、もう無理だと思ったらすぐに俺に相談すること！

もう一つは……これからも『スターカラット』の花宮湊でいること！」

城が力強い口調で言った。

「わかりました。約束します！」

湊も力強い言葉で返した。

城を安心させるためではない。

本音だった。

デビューDVDイベント対決の集客でも、約束を反故にした大河を朝田リオの遺書で封じ込むことでも自信はあった。

「よし。一ヶ月間、俺はお前のやることはなにも見えないし、なにも聞こえない」

城が言いながら、ソファから腰を上げてドアに向かった。

「あ、そうそう、大事なことを言い忘れていた」

城がドアノブに手をかけ、足を止めた。

「なんでしょう?」

「やるからには、『スターカラット』のエースとして絶対に勝て」

城は振り返らずに言い残し、専務室を出た。

湊は立ち上がり、ドアに向かって深々と頭を下げた。

9

アルファードのミドルシート——湊はスマートフォンのデジタル時計に視線を落とした。

AM7:05

デビューDVDイベント対決の開場は、午前十時だった。

事前打ち合わせのために、大河とは午前七時半に待ち合わせをしていた。

会場のセッティングは、昨夜のうちにほぼ終わっていた。

参加者の数は、それぞれの女優の横に設置されたセンサーカウンターで管理する。

お目当ての女優の前に参加者が立つと、センサーが体温を感知して人数がカウントされるのだった。

念のために彩未は、会場の「エルサール渋谷プレミアホール」から車で数分の「セルリアンタワーホテル」に三日前から宿泊させていた。

自宅マンションだと、万が一ということがある。

大河が彩未を拉致したり傷つけたりしないための策だった。

「奴ら、なにか企んでいませんかね？」

ステアリングを握る将司が、不安げな声で訊ねてきた。

は大丈夫だろう」

「元アイドルの甘井美亜の負けは予測していないだろうから、イベントが終わるまでは大丈夫だろう」

「ということは、やっぱり負けたときですか？　遺書でおとなしく引き下がりますかね？」

将司の声は相変わらず不安げだった。

将司には、朝田リオの遺書の件を話していた。

「百パーセント大丈夫とは言い切れないが、まあ、刑務所入りになるから強引なことはできなくなるだろうな」

「でも、大河さんが追い込んだと言っても、あくまでも自殺なので数年で出てきますよね？　出てきたら、復讐が怖くないですか？」

「さあ、どうだろうな。入る前と違って、出所後は前科がついてるからな。立て続けに事件を起こしたら、次は簡単に出てこられないだろうし。もちろん、『南斗』とは無関係の人間を使って報復してくる可能性はあるけど。俺の予想では、報復云々の前に刑務所行きになるようなことはしないと思う。お前の予想は？」

湊は他人事のようなノリで訊ねた。

「まったく、競馬じゃないんですから。俺は、遺書を取り戻すためにいろんな奴を雇うんじゃないかと思います」

「ああ、それはありうるな。お前、なかなか読みが鋭いじゃないか」

「ちょっと、さっきからなんですか!? どうしてそんなに余裕でいられるんですか!? あの大河さんを脅すわけですから、下手すれば殺されちゃうかもしれないんですよ!?」

将司はいら立っていた。

虎の尾を踏んでしまったのだから、将司のメンタルが不安定になるのも無理はない。

「余裕じゃないさ。ヒリヒリしてるよ。ただ、いまの状況にならなければ、俺は拉致されたときに殺されていたかもしれない。良くも悪くも時間を稼げて弱みを握ったわけだから、いい加減、俺も肚を括らないとな」

「花宮さんが肚を括る……ですか?」

将司が湊の言葉を繰り返した。

「ああ。どっちにしても、ちひろの件で大河さんに睨まれた時点で、『スターカラット』には二つの選択肢しか残されていなかった。全面戦争するか、全面降伏するかの二択だ。となれば、肚を括って戦うしかないだろう?」

将司に言うのと同時に、湊は己にも言い聞かせた。

「南斗企画」を辞めてからずっと、心のどこかで怯えていた。

「南斗」を刺激しないよう、「南斗」とバッティングしないよう……常に大河を意識していた。

八年間、「南斗企画」と揉めなかったのは奇跡と言ってもよかった。

目をかけていた自分がいる「スターカラット」だから、温情をかけてくれていたと思っていた。

実際、大河もそんなふうに言っていた。

違った。

警戒しているといっても、大河を少し甘く見ていたのかもしれない。

大河は、この機を窺っていたのだ。

いままで手を出してこなかったのは、「スターカラット」が人気でも年商でも「南斗企画」の後塵を拝していたからだ。

業界一位と二位の立場が入れ替わったのは、三年前だ。

ナナとチナ――湊がスカウトしたリアル双子の女子大生の作品が爆発的にヒットし、業界一位の座を「南斗企画」から奪った。

リアル双子は家庭の事情で僅か一年で引退したが、五作品で三億円以上の純利益をもたらした。

ＡＶ氷河期と言われる令和の三億円は、平成の十億円に匹敵する。

その後も、リアル双子ほど大ブレイクした女優はいないまでも、コンスタントにヒット作品を飛ばし続けて「南斗企画」との差を広げた。

湊の活躍で「スターカラット」が栄華を極める陰で、大河は密かに牙を研いでいたのだ。

思考は現実化する――ずっと、心の奥底で思っていた。

このままで終わるはずはない……必ず大河がなにかを仕掛けてくる。

今回のトラブルは、湊の潜在意識レベルでの不安が実現したのだ。

「そうですよね……肚を括るしかないっすよね。でも、ちひろも面倒を持ち込んでくれましたよね。二重契約なんてしなけりゃ、こんな大事にはならなかったのに」

将司がため息交じりに愚痴を言った。

「過ぎたことを悔やんでもしようがない。それに、ちひろの件がなくてもこうなっていたさ。いまやるべきことは……」

湊は言葉の続きを呑み込んだ。

「なんですか？」

「いや、なんでもない」

大河も同じ赤い血が流れる人間であると証明することだ。

言葉の続きを、湊は心で己に言い聞かせた。

☆

「お疲れ様です！」

「セルリアンタワーホテル」のエントランスから出てきた彩未が、アルファードのミドルシート――湊の隣に乗り込んできた。

「眠れたか？」

「バッチリです！　寝不足は美肌の大敵ですからね」

彩未が弾ける笑顔で言った。

「会場に向かってくれ」

湊は将司に言った。

「よろしくお願いします！」

彩未が潑剌とした声を将司にかけた。

彩未は明るくなった。

もともと暗いわけではなかったが、遠慮がちな性格なのか控えめな印象だった。

自信がついたのだろう。

プロモーション動画の再生回数も、十五万回から八十万回に伸びた。

低く見積もっても、参加者の数は千六百人の計算になる。

甘井美亜目当ての参加者は確実に千人は集まるだろうから、千二、三百人では負ける可能性があった。

勝敗の分岐点は千五百人――甘井美亜はそれ以上の参加者を集めることはできないというのが湊の読みだった。

「今日の対決、怖くないのか?」

湊は訊ねた。

「怖くないです。負ける気がしないので」

彩未がきっぱりと言った。

「自信満々で頼もしいな」

湊は口元を綻ばせた。

「専務がいてくれるからです」

「え?」

「専務と出会えて、生まれ変わることができました。私なんかでも、人より優れているところがあるんだって、求めてくれている人がいるんだって。専務のおかげです。これからも、私のそばにいてくださいね」

湊をみつめる彩未の瞳は潤み、ほんのりと頬が上気していた。

湊はさりげなく視線を窓の外に移した。

そうしなければ、心が揺らいでしまいそうだった。

「おいおい、もしかして、いまのは花宮さんへの遠回しな告白か？」

将司が茶化すように言った。

「そう取ってもらっても構いませんよ」

彩未が屈託のない笑顔で言った。

「お！　堂々と認めたな。ウチがスタッフと女優の恋愛は禁止だって知ってるよな？まあ、花宮さんならルールを変えることもできるか。ただし、花宮さんにその気があっての話だけどね〜」

将司の悪乗りは続いた。

「専務って、恋人はいるんですか？」

不意に、彩未が訊ねてきた。

「いないよ」

湊は即答した。

つき合ってきた女性なら、何人かいた。

だが、それは食事をして一夜を共にするという関係だ。

恋人と呼べる存在は、もう十年近くいなかった。

十年のうちに、何度か告白されたこともあったし、心の動く女性もいた。

恋人と呼べる関係にまで発展させなかったのは、愛しきれないからだ。

ＡＶ業界のプロデューサーは、仕事柄、多くの女性と接する。

月に数百人の女性と出会うことは珍しくなく、しかもほぼ全員の裸を見ることになる。

愛する人の体は別だと口にする同業者も多いが、それは綺麗事だ。

裸を人前に晒す仕事のセクシー女優としてデビューする女性は、当然のことながら魅力的な肉体をしている者が多い。

東大に秀才が集まるのと同じで、セクシー女優は裸偏差値の高い女性の集まりだ。

そんな裸エリートのセクシー女優の体を毎日のように見ていると眼が肥えてしまい、どうしても一般女性の体は見劣りしてしまう。

たとえるなら、名画を見慣れた画商が家に帰り素人の描いた絵を見るのと同じだ。

ホッとする、素朴さに癒される。

こういうふうに語る男性は嘘吐きか偽善者……もしくは、自分の都合のいいように考えるタイプだ。

彼氏がほかの女性の体に見惚れ、欲情する一方、恋人である自分の体を見ていると癒されホッとするなどと思っていたら、嬉しいだろうか？

女性は結婚して子供ができても、夫には女として見てほしい生き物だ。

ＡＶプロデューサーという仕事を生業（なりわい）にしている湊に、その願いを叶えてあげられる自信はない。

換言すれば、恋人の肉体のほうが魅力的に思えるプロデューサーに、日本中の男子を虜（とりこ）にする原石の女優を発掘できる眼力などあるはずがなかった。

「そう言えば、花宮さんからプライベートで彼女の話って聞いたことないっすね？　もしかして、男のほうが好きとか？」

将司が悪戯っぽい顔で訊ねてきた。

「馬鹿」

湊は苦笑した。

「どうして彼女を作らないんですか？　専務ならモテるはずですから、その気になればすぐにできると思います」

彩未が熱っぽい瞳で湊をみつめた。

「そうですよ。花宮さんなら、イケメンだし、仕事できるし、お金持ってるし、女の子のほうが放っておかないですよ!」

将司が彩未に続いて湊を煽ってきた。

「二人とも、買い被り過ぎだ。僕なんて、仕事しか能がないつまらない男だよ」

謙遜ではなく、本音だった。

たとえ彼女を作ったとしても、常に女優の売り方に思考を巡らせ、デート中でも視線は原石を追い求めているだろう。

旅行しても、映画を観ても、食事をしても、常に心は上の空の彼氏といて彼女が楽しいはずがない。

「まあ、たしかに、専務の恋人は仕事ですからね。ということで、君は諦めなさい」

将司が彩未に言った。

「私、仕事に懸けている男性って素敵だと思います。私なら、二番目の女でも全然大丈夫です!」

彩未が声を弾ませた。

お前は原石を石ころにするつもりか？


湊は自らを戒めた。

セクシー女優は、彼氏がいるよりいないほうが圧倒的にパフォーマンスが上がる。

理由は明白で、彼氏がいると罪の意識を感じ弾けることができないからだ。

そういう戸惑いは、ファンにすぐに伝わってしまう。

同じ職場に彼氏がいるとなおさらだ。

だからこそ、ＡＶやキャバクラなどの男性を相手にする職業は、職場恋愛を固く禁じている場合が多い。

悪影響が出るのは、女性ばかりではなかった。

湊が彩未と絡む男優に嫉妬するというわけではない。

逆だ。

恋人になれば、彩未は湊の仕事に口出しをしてくるだろう。

とくに、湊が力を入れる女優にたいして激しく嫉妬するのは目に見えている。

湊には、文字通り裸一貫で人生を懸けるセクシー女優にたいする責任があった。

生き馬の目を抜く生存競争の厳しいAV業界は、恋人の顔色を窺いながら成功できるほど甘い世界ではない。

「ありがとう。そう思ってくれるなら、まずは今日のイベント対決で最高のパフォーマンスを見せてくれ。『南斗企画』に負けたら、恋愛どころじゃなくなるからな」

湊は穏やかな口調で言った。

いまは、大切な決戦の前だ。

彩未の気分を沈ませるわけにはいかない。

彼女の原動力が自分だとわかった以上、拒絶するのはいまのタイミングではなかった。

交際の意思がないと伝えるのは、清水彩未の商品価値がなくなってからの話だ。

「安心してください。専務のために、絶対に勝ちますから!」

彩未が駆け引きのない笑顔を湊に向け、握り拳を作ってみせた。

「頼りにできるのは、君しかいない」

湊は打算から出た笑顔を彩未に向けた。

☆

アルファードは、「エルサール渋谷プレミアホール」の地下駐車場に乗り入れた。

「ビルの前に、物凄い数の参加者が並んでいましたね！　彩未と甘井美亜のどっちのファンか、気になりますね！」

イグニッションキーを抜きながら、将司が興奮気味に言った。

「あと数時間後にはわかるさ」

湊は平静を装い言った。

「じゃあ、行きま……」

将司が言葉の続きを呑み込み、硬い表情で窓の外を見た。

すぐに理由がわかった。

アルファードの隣に停車したヴェルファイア——スライドドアが開き、キラ、甘井美亜、大河の順で降りてきた。

「対戦相手の登場だな」

湊は言いながら、スライドドアを開けた。

彩未が降りると、甘井美亜が歩み寄ってきた。

彩未に続いて、湊も車外に出た。

「社長、私の相手、こんな垢抜けない子なんですかぁ？　ファンの数に差がつき過ぎて、かわいそうですよぉ」

甘井美亜が、彩未に聞こえよがしに言った。

「イベントが終わったら、いまと同じ言葉を私が言ってあげますから」

「なんですって!?」

彩未が強烈な皮肉を返すと、甘井美亜が血相を変えた。

「おいおい、お前んとこのエースは、二作目でファンにおまんこやらせる餌で釣ってるから、ずいぶんな自信だな」

大河が湊に歩み寄り、ニヤニヤしながら彩未を嘲(あざけ)った。

やはり、大河はこちらの情報を知っていた。

「どんな手を使っても、勝ちは勝ち。大河さんから、教わったことですよ」

湊は大河を見据え、片側の口角を吊り上げた。

「彩未ちゃんの言葉を借りるぜ。イベントが終わったら、同じ言葉を俺が言ってやるから」
余裕の表情で切り返す大河――湊の胸に、不吉な予感が広がった。

10

三千二百人を収容できる「エルサール渋谷プレミアホール」の三千五百㎡のイベントホールは、数多くの参加者で埋め尽くされていた。

本日の主役である彩未と甘井美亜の前には、それぞれ最後尾が見えないほどの長蛇の列ができていた。

彩未はノーマルな白の三角ビキニ、美亜はピンクのフリルビキニを着ていた。

美巨乳に括れたウエストになだらかなヒップライン――圧倒的なスタイルだからこそ、敢えてシンプルな水着を選んだ。

一方の美亜はスタイルで劣るぶん、かわいさで勝負できる水着を選んだのだろう。

「いい勝負ですね」

参加者に対応する彩未の背後に立つ将司が、最新のセンサーカウンターに表示される数字に視線を向けながら言った。

イベントが始まって一時間が経過し、彩未は百六十五人、美亜が百五十八人をカウントしていた。

センサーカウンターは顔識別機能も備えているので、同じ参加者が複数回並ぶ不正ができないようになっている。

ただし、途中で並ぶ列を変えるのはＯＫだ。

「頑張ってください！」

「ありがとうございます！」

「彩未さん、応援してます！」

「頑張りますね！」

「実物のほうが百倍かわいい！」

「本当ですか!?　嬉しいです！」

「こんなかわいい子と絡めるかもしれないなんて、夢みたい！」

「夢じゃなくて、現実ですよ！」

「抽選が当たりますように！」

「私も祈ってますね！」


彩未は、一人一人の参加者の手を両手で包みながら弾ける笑顔で対応していた。

「神対応っすね。緊張して、もっと喋れないかと思っていました」

将司が、驚いた顔で湊に耳打ちしてきた。

「まあ、敵はもっと凄いがな」

湊は、隣のブースに視線を移した。


「『スイーツパラダイス』の頃から大ファンでした！」

「そんなこと言って桃（もも）ちゃんや蜜柑（みかん）ちゃんのファンだったら、苺、許しませんよぉ」

美亜が頬を膨らませ怒ってみせた。

「あの苺ちゃんがAVに出るなんて夢みたいです！」

「夢じゃありませんよぉ。苺で、いっぱい抜いてくださいねぇ」

美亜が投げキスをしながら言った。

「さすがは元アイドルだけあって、オタクの喜ぶツボを押さえてますね。あざとさでは太刀打ちできませんよ」

将司が感心したように言った。

「思ったより健闘してるじゃねえか」

大河が、断りなくブースに入ってきた。

「ちょっと、ここは……」

「いいから。敵情視察ですか？」

湊は将司を制し、大河に訊ねた。

「敵情視察っていうのは、同等か格上の敵にやるもんだ」

大河はふてぶてしく言うと、パイプ椅子に勝手に腰を下ろした。

「でも、格下に負けてますね」

湊は大河を挑発した。

本来、あまりそういうことはしないが、大河に気後れしないためだ。

「いまはな」

湊の挑発に乗ることなく、大河が余裕の笑みで受け流した。

虚勢とは思えなかった。

圧倒的に勝つと思っていた美亜がリードされているというのに、大河の余裕がどこからくるのかが不気味だった。

「彩未にリードされているのに、ずいぶん余裕ですね」

湊は微(かす)かに芽生える不安を打ち消すように言った。

「ウサイン・ボルトが最初から先頭を走ってるか?」

大河が小馬鹿にしたように言葉を返してきた。

「陸上とイベント対決は違いますよ」

すかさず、湊は切り返した。

「まあ、あと数時間後にはわかることだ」

「ところで、わざわざそのことを言いにきたんじゃないですよね?」

気になっていることを、湊は訊ねた。

「もちろんだ。心配で、確認しにきたんだよ」

大河がニヤニヤしながら言った。

「なんの確認ですか？」

「この女と『南斗』にくるって話だ」

「それは、僕が負けたらの話ですよね？」

「そうなるのは目に見えてるから、確認しにきた。言っておくが、挑発してるわけじゃねえ。万が一にもお前が約束を反故にしねえように、わざわざ警告しにきてやったんだよ。っつーことで、ま、頑張れや」

大河がパイプ椅子から腰を上げ、湊の肩を叩くとブースを出た。

「なんなんすかね？　あれ。心配で覗きにきたのみえみえなのに、強がっちゃって」

将司が大河の背中を見送りながら吐き捨てた。

湊も、最初はそう思っていた。

違った。

あの余裕は演技で出せるものではない。

演技なら、顔で笑っていても殺気を感じるはずだった。

湊は、頭に過る不安から意識を逸らした。

良い出来事も悪い出来事も、思考が生み出すというのが湊の考えだ。

「やめてください！」

彩未の声に、湊は弾かれたように顔を上げた。

「え？　だめなの？　ちょっとくらい、いいじゃん！」

金に染めたオールバック、首に入ったバタフライのタトゥー、黒のタンクトップに白のハーフパンツ――半グレふうの男が、大声で抗議していた。

列に並んでいるほかの参加者が、強張った顔で事の成りゆきを見守っていた。

「どうした？」

湊は駆けつけ、彩未に訊ねた。

「握手のときに、胸を触られたんです……」

彩未が震える声で訴えた。

「お客様、握手以外で女優の体に触れるのは禁止されています」

湊は厳しい口調で半グレふうの男に注意した。

「は!?　アイドルでもねえのに、なに気取ってんだよ!?」

半グレ男が大声で叫んだ。

「そういう問題ではなくて、体に触れるのは禁止です」

湊は毅然とした態度で言った。

「おいおいおい、こいつらAV嬢だろ!? カメラの前で初めて会った男に体中舐め回されてセックスするのが仕事だろうが!? お前らも、そう思わねえか!?」

半グレ男が、周囲に首を巡らせつつこれみよがしな大声で言った。

このままではまずい。

ほかの参加者が、半グレ男を怖がって帰ってしまう。

「ほかのお客様のご迷惑になってしまうので、こちらで話しましょう」

湊は半グレ男の肩に手を置き、ブースの外に促した。

「ふざけんな! 俺は予約して参加してんだよ!」

半グレ男が湊の手を振り払った。

「従ってもらえないなら、警察を呼ぶことになります」

湊は警告した。

「おおっ、警察でもなんでも呼んでみろや! おらっ、どうした!? さっさと……」

「おい、兄ちゃん、そのへんにしとけよ」

ミルクティーカラーのロン毛、褐色の肌、ブルーのコンタクト……いつの間にか現れたキラが、荒れ狂う半グレ男に声をかけた。

「あ!? 　なんだ、てめえ!?」

半グレ男が、キラを睨みつけた。

「俺？ 　俺はイケメン救世主だよ。イベントの邪魔だから、おとなしく消えなよ」

キラが人を食ったように言った。

「おい、君に助けを頼んだ覚えはない。余計なまねをしないでくれ」

湊はキラに言った。

彩未のブースでガラの悪いもの同士が騒ぎを起こしたら、ダメージを被ってしまう。

ここは穏便に、半グレ男を追い出したかった。

「余計なまねなんて、ひどいな。わざわざ敵を助けてあげてるんだから、感謝くらいしてほしいよ」

キラが肩を竦めてみせた。

「てめえっ、なにごちゃごちゃ言ってんだ！」

半グレ男が、キラの胸倉を摑んだ。

キラの頭突きが、半グレ男の鼻にヒットした。

沸き起こる悲鳴——半グレ男が鼻血を撒き散らしつつ仰向けになった。

「おとなしく消えてりゃ、痛い思いしなかったのにさ」

キラが微笑みながら、半グレ男に馬乗りになると殴打し始めた。

彩未は腰を抜かしたようにしゃがみ込み、強張った顔で震えていた。

二発、三発、四発、五発……キラの殴打は続いた。

彩未の参加者が、一人、二人、三人と列を離れた。

「花宮さん、まずいっすよ！　参加者がビビッて帰っちゃいますよ！」

将司が切迫した声で言った。

「いい加減にしろ！」

湊は馬乗りの体勢で半グレ男を殴り続けるキラを羽交い締めにして、引き離した。

「いまのうちに、そいつを連れて行くんだ！」

湊はキラを羽交い締めにしたまま、将司に命じた。

将司が半グレ男の両足を持ち、ブースから引き摺り出した。

「あ、ごめんごめん。つい、カッときちゃってさ。みんなをビビらせちゃったみたいだから、自分のブースに戻るわ。じゃあ！」

キラが別人のように爽やかにウインクし、「南斗企画」のブースに向かった。

あっさりと引き下がるキラに、湊は違和感を覚えた。

まるで、役目が終わったとでもいうように……。

湊は、弾かれたようにキラの背中を視線で追った。

「まさか……」

湊は踏み出しかけた足を止め、振り返った。

屈み込んだまま、震える彩未。

「少し、休憩しよう」

湊は彩未の前に屈むと言った。

どの道、大河に話があった。

「いえ、続けます」

彩未がそれまでの弱々しい表情とは打って変わって、強い瞳で湊をみつめた。

「無理するな。あんなことがあった直後だ。気持ちを静めてからにしたほうがいい。

さ、奥に行こう」

湊は彩未を控室に促した。

「あんなことがあったから、頑張りたいんですっ。いまの騒ぎで、かなりの参加者が帰ってしまいました。ここで休憩すれば、また減ってしまいます！」

彩未が、列に視線を移して訴えた。

パッと見でも参加者の数は、彩未の言う通り百人単位で減っていた。

「だがな……」

「お願いします！　私、こんなことで負けたくありません！　私を信用してください！」

彩未が、決意の色を宿した瞳で訴えた。

「彩未を信じましょう。俺も隣でサポートしますから！」

戻ってきた将司が、彩未を擁護した。

「本当に、大丈夫か？」

湊は改めて訊ねた。

「はい！　任せてください。私が、専務を勝たせてみせます！」

彩未が潤む瞳で湊をみつめ、きっぱりと断言した。

いまは、恋愛の力でもいい。

とにかく、大河に勝つことがすべてだった。

「わかった。頼むぞ」

湊は彩未に言い残すと、美亜のブースに向かった。

「あれ？　どうしたの？　俺にお礼ならいらないよ」

キラが人を食ったような顔で言った。

「正々堂々と戦えないんですか!?」

湊はキラを無視して、パイプ椅子に座り電子タバコを吸っている大河に詰め寄った。

苺との間はパーティションで仕切られており、参加者からは見えないようになっている。

「は？　なんのことだ？」

大河が座ったまま湊に顔を向けた。

「惚けないでください！　ウチの参加者に紛れ込ませた半グレに騒ぎを起こさせ、こいつが助けるふりをして騒ぎを大きくする。目論見通り、かなりの数の参加者が帰ってしまいましたよ。そんな卑怯(ひきょう)な手で勝ったとして、嬉しいんですか!?　あなたは、そんなに姑息な男だったんですか⁉」

湊は皮肉を交えて訴えた。

「おいおい、ちょっと待て。お前、なに勘違いしてるんだ？　俺がそんなちゃちな絵図を描くわけないだろう」

大河が呆れた顔で否定した。

「あなたが、素直に認めるわけないのはわかってましたよ。でも、これだけは覚えておいてください。どんな卑怯な手を使っても、僕と彩未はあなたに負けませんから」

湊は自らを鼓舞するように宣言した。

「さっきから、なにわけのわからねえことばかり言ってやがる。まあ、いいだろう。せっかくだから、お前に教えてやるよ。俺なら、お前らが腰を抜かすようなド派手な絵図を描く。楽しみにしてろ」

大河は意味深に言うと、片側の口角を吊り上げた。

この余裕はなんだ？　あの半グレは、本当に大河の差し金ではないのか？

湊は思考を止めた。

大河の言葉に惑わされてはならない。

「あくまでも、シラを切り通すつもりですか？」

湊は大河を見据えた。

「何人だ？」

不意に、大河が訊ねてきた。

「え？」

「さっきの騒ぎで帰った参加者の数だ」

「正確には把握してませんが、百人は超えてます」

「じゃあ、二百人のハンデをやるぜ」

「なっ……」

大河の予想外の言葉に、湊は絶句した。

「最終的な数字から、二百を引いた数字で勝負してやる。それでいいか？」

大河はニヤニヤしていたが、瞳は笑っていなかった。

「そんな情けは……」

「情けじゃねえ！　妨害しなきゃお前に勝てねえなんて思われたら癪だからな。お前が信じねえ以上、仕方ねえだろうが」

湊を遮り、大河が強い口調で言った。

もし大河が騒ぎの黒幕なら、自らハンデをつけたりはしない。

たとえ黒であっても証拠がなければ白というのが、大河の考えだ。

底なしの不安が、湊の胸に広がった。

本気で言ってるのか？　二百人のハンデをつけてでも、勝てる自信があるというのか？

なにを企んでいる？

「ハンデをつけなくても、彩未は勝ちますから」

湊は後味の悪さを嚙み締めながら、ブースを出た。

「え～、そんなふうに褒めてもらって、苺は死んじゃってもいいですぅ」

「ダメだよっ、苺ちゃんが死んだら僕が生きて行けなくなるからさ」

「わかりました！　あなたのささやかな光になれるように、苺は頑張ります～」

美亜の参加者の心の摑みかたはさすがだった。

湊はセンサーカウンターに視線をやった。

二時間経過した時点で四百六十八人……一時間の時点より倍以上伸びていた。

湊は彩未のブースに戻った。

四百九十五人……さっきの七人差から、二十七人差に広がっていた。

湊は胸を撫で下ろした。

参加者百人の企画『清水彩未のフェラ100人斬り』の効果だ。

だが、安堵はできない。

大河の余裕の言動が、湊の危惧の念を煽った。

「私は大丈夫です。お気遣いありがとうございます。逆に心配をかけてしまい、ごめんなさい」

「ううん、彩未ちゃんが大丈夫なら安心したよ。話変わるけど、次の作品で抽選に通った百人のファンにフェラ抜きする企画って本当?」

「はい……」

彩未が頬を赤らめ頷いた。

美亜に比べて参加者への対応は硬くたどたどしいが、それが初々しく映り好感度を上げているに違いなかった。

「奴らの仕業でしたか？」

将司が湊を認め、ブースから飛び出してきた。

「いや、完全否定してたよ」

「まあ、素直に認めるタマじゃないですよね。野郎は警備員に引き渡しましたから、いま頃警察だと思います。『南斗』が黒幕なら、すぐに口を割りますよ」

「そうか」

湊は気のない返事をした。

『じゃあ、二百人のハンデをやるぜ。妨害しなきゃお前に勝てねえなんて思われたら癪だからな。お前が信じねえ以上、仕方ねえだろうが』

湊の脳裏に大河の言葉が蘇った。

漠然と不安感に襲われているわけではない。

湊が危機感を覚えるのには、それなりの根拠があった。

妨害しなければ勝てないと思われると癪だから二百人のハンデをつける……大河が

嘘を吐いているなら、絶対にこの言葉は口にしない。

汚い手段を使っても勝ちは勝ち、というのが大河の考えかただ。

湊の心に引っかかっているのは、半グレに暴れさせたのが大河の仕業かどうかではもはやない。

二百人のハンデをつけてでも、勝てると言い切る根拠を知りたかった。

湊の知っている大河は、ハッタリで大きなことを言う男ではない。

必ず勝てるという自信があるからこそ、漲（みなぎ）る余裕だ。

「なんか、心配事でもあるんすか？」

将司が訊ねてきた。

「忖度（そんたく）なしに、彩末は勝てると思うか？」

「はい。いま三十人くらいに差が広がっていますし、並んでる参加者の数もパッと見ですが彩末のほうが多い気がしますし」

将司の言う通りだ。

センサーカウンターに表示された数字も列に並んでいる参加者の数も、彩末が勝っている。

参加者百人のフェラ抜き企画の効果で、中盤から終盤にかけて参加者は増え続けるだろう。

少なくとも、相当なアクシデントが起こらないかぎり、苺に引っ繰り返されることはないはずだ。

「俺もそう思う。さあ、前半、加速してぶっちぎるぞ！」

湊は自らに言い聞かせ、ブースに入り拡声器を手に取ってフロアに戻った。

「みなさん、是非、お友達に連絡して参加してもらってください！　一人呼んだ方は二倍、二人呼んだ方は三倍にチャンスが増えます！　まだ五時間以上ありますから、都内近郊にいる方なら十分に間に合います！」

湊は参加者に訴えた。

参加者からどよめきが起こり、そこここでスマートフォンを操作する者が現れた。

「友人が当たったらどうするんですか？」

よれよれのTシャツを着た小太りの中年男性が、素朴な疑問を口にした。

「ご友人はもともとこのイベントのことを知らなかったので、オプションの情報も知らないはずです。とはいえ、どこかのタイミングで耳に入ってしまいあとから揉めるのを避けたいのなら、最初に事情を話して握手後に整理券を買い取るという方法もあります！　ご友人との関係もあるでしょうから、どちらを取るかはみなさんにお任せします！　ただ、どちらの方法を取ったとしても、抽選率は倍以上になります！　さあ、みなさん、どんどん連絡を取ってください！」

湊は声高に参加者を煽った。

「あの、花宮さん。そんなに煽って大丈夫ですか？」

将司が不安げな顔で訊ねてきた。

将司の不安はわかった。

参加者が増えるのはありがたいことだが、抽選券の件で揉め事が起こるのは十分に考えられる。

湊としても、さっきの説明だけでスムーズにいくとは思っていない。

二作目のＤＶＤのフェラ抜き参加のオプションを知らなくても、周囲の会話から耳に入る可能性がある。

抽選券を買い取ることを勧めたが、一万円レベルならまだしも千円や二千円では友人が納得しない可能性もあった。

「揉め事の火種が、あちこちにできちゃいますよ」

「だろうな」

湊は他人事のように言った。

「だろうなって……面倒なことになりませんか？」

将司は、相変わらず不安げだった。

「多少のリスクを背負ってでも、休憩までに突き放しておく必要がある」

湊は強い口調で言った。

大河に秘策があってもなくても、折り返し地点までに百人以上の差はつけておきたかった。

「みなさん、是非、お友達に連絡して参加してもらってください！　一人呼んだ方は二倍、二人呼んだ方は三倍にチャンスが増えます！」

湊は参加者の後列まで歩きながら、ふたたび拡声器で煽り始めた。


あなたがどんな策を講じても、最後に笑うのは僕だ。

湊は、心で大河に語りかけた。

11

午後三時五十五分――イベントが始まり、五時間が過ぎた。

残り三時間。湊はセンサーカウンターに視線をやった。

彩未が千七十五人、美亜が九百六十五人。

友人を呼び寄せる作戦が功を奏し、彩未と美亜の差は百十人に広がっていた。

彩未の列に並ぶ参加者の数は、肉眼でも明らかに増えていた。

現段階では、参加者同士の揉め事も起こっていなかった。

「さすが、花宮さん、天才っすね！　もう、勝負は決まったも同然ですね！」

湊の隣に立った将司が、興奮気味に言った。

「まだ早い。残り、三時間もあるんだからな」

勝負は下駄を履くまでわからない――湊は将司に言うのと同時に、自らを戒めた。

「まあ、それはそうですけど、三時間で百十人を引っ繰り返すのは至難の業ですよ」

将司が声を弾ませた。

気持ちはわかる。

湊も、昂る気持ちを懸命に抑えていた。

「なかなか、やるじゃねえか」

湊は振り返った。

大河が親指を立てていた。

「抽選の当選率を高めるために、参加者に友人を呼ばせる作戦とは考えたな。さすがは、俺が育てただけのことはあるぜ」

「まさか、白旗宣言じゃないですよね？」

「そう言ってやりたいところだが、師匠としてまだまだアドバイスしたいことがあってな」

大河が意味深に言った。

「アドバイス？」

思わず、湊は繰り返した。

「ああ。お前のやり方も悪くはないが、振り切ってねえんだよ。お前のやり方じゃ、そこらの奴に勝つことはできても、俺みたいに振り切った相手を倒すことはできねえ」

　大河が自信満々の表情で言った。

「それだけ言い切るなら、その根拠を見せてくれるんでしょうね？」

　湊は笑顔で訊ねた——懸命に笑顔を保った。

　本当は、笑っている精神的余裕は一ミリもなかった。

「ああ、あと二分くらいだ」

　大河が左腕に巻かれたフランクミュラーに視線を落とした。

「二分？」

　湊は怪訝な顔を大河に向けた。

「そうだ。四時あたりから、楽しみにしてろ」

　大河は言い残し、自分たちのブースに戻った。

「四時から、なにがあるんですかね？」

　将司がすかさず訊ねてきた。

「さあな」

湊は気にしていないふうを装ったが、とてつもない胸騒ぎに襲われていた。

二分後に、いったい、なにが起こるというのだ？

「ま、気にしなくても大丈夫ですね。ほら」

将司が気を取り直したように言うと、センサーカウンターを指差した。

さらに二人の差は開き、百二十人になっていた。

そうだ。将司の言う通り……。

「はい、押さないでください！　まだ整理券はありますから、焦らなくても大丈夫です！」

拡声器を持ったキラが、参加者に声をかけていた。

「えっ……」

湊は出入り口を見て絶句した。

物凄い数の参加者が、競うようにフロアに雪崩れ込んできた。

「なんですか!?　あれは!?」

将司が驚愕の声を上げた。

「はい、怪我に繋がりますから、落ち着いて並んでくださーい！　甘井美亜は逃げも消えもしませんから、ご安心くださーい！　では、いまから、スペシャルタイムに入りまーす！」

キラの言葉に、参加者からどよめきが起こった。

美亜の列に並ぶ参加者の数が、どんどん増えていた。

「スペシャルタイムって、なんなんですかね？」

将司がタブレットＰＣを取り出した。


「今日は美亜のために駆けつけてくれて、とても嬉しいですぅ。スペシャルタイム、どっちがいいですかぁ？」

美亜がＴシャツにチノパン姿の二十代と思しき参加者に訊ねた。

「あ……僕は、股間でお願いします」

参加者が、顔を真っ赤にして言った。

「じゃあ行きますね〜。美亜ターッチ！」

美亜の右手が、参加者の股間を包み込んだ。

「えっ……」

湊は思わず声を漏らした。

幻を見たのか？

湊は、いま目の前で行われたことがすぐには理解できなかった。

「今日は美亜を選んでくれてありがとうございますぅ。スペシャルタイム、どっちがいいですかぁ？」

美亜が、次の白髪交じりの中年の参加者に同じように質問した。

「私は、胸がいいな」

「はい！　好きなほうを三秒間いいですよぉ」

美亜がはにかみながら言うと、胸を張った。

白髪交じりの参加者が怖々と右手を伸ばし、美亜の左胸を触った。

「はい、終了です」

傍（かたわ）らに待機している屈強な肉体を黒のスーツで固めている「南斗企画」のスタッフが、白髪交じりの参加者の背を押し出口へと促した。

「今日はお会いできて嬉しいでーす！　スペシャルタイム、あなたのおにんにんか、美亜のパイパイのどっちがいいですかぁ？」

美亜が参加者に、股間をタッチしてもらうか胸にタッチするかの二者択一をさせている。

これは、悪夢か幻視か？

湊の両足が震え、心臓が早鐘を打ち始めた。

大河の自信の源は、このことだったのか？

「花宮さん！　これを見てください！」

将司が血相を変えて、タブレットＰＣを差し出してきた。

ディスプレイには、美亜のＰＲ動画が流されていた。

『みなさ〜ん！　あと一時間後、午後四時からスペシャルタイムが始まりまーす！　なんとなんと、スペシャルタイムでは、握手の代わりに美亜がみなさんのおにんにんにタッチするか、みなさんが美亜のパイパイを三秒間タッチできるか、好きなほうを選べるんですぅ〜。

美亜におにんにんをタッチされたい人、美亜のパイパイにタッチしたい人、是非、参加してくださーい！』

「なんだ……これは？」

湊は掠れた声で呟いた。

「三時の段階で、もとからのPR動画に加えて流されていたようです。あの状況は、この動画の影響です」

将司が蒼褪めた顔で言った。

肉眼でも、美亜の参加者の列は倍以上に増えていた。

スペシャルタイム目当ての参加者の数は、まだまだ増えることだろう。

この勢いで増え続ければ、百二十人の差など瞬時に引っ繰り返されてしまう。

「ど、どうしましょう？　こ、この展開は……ヤバイっすよ」

明らかに将司は動転していた。

「そんな顔するな。彩未に不安が伝わるだろう」

湊は将司に短くダメ出しした。

現に、会場の空気を察した彩未の顔が不安げになっていた。

「すみません。でも、なにか手を打たないと……」

「とにかく、お前はどっしりと構えていろ」

湊は言い残し、足早にブースに戻った。

「ちょっと、いいか」

湊はパーティション越し――ブースのバックヤードに彩未を促した。

「周囲で起こってることは、気にするな。僕が対策を考えるから」

湊は微笑み、落ち着いた口調で言った。

正直、その場凌ぎだった。

残り三時間で、対策など立てようもなかった。

だが、いまは、彩未の不安を取り除くことが最優先だ。

「でも、美亜さんの参加者の数がどんどん増えています」

「君は心配しなくても……」

「パクリましょう！」

湊の言葉を遮り、彩未が溌剌とした声で言った。

「ええ。ウチも、スペシャルタイムをやるんです！　もともとリードしていたわけですから、同じサービスをすれば負けるわけがありません！」

彩未が自信満々に言った。

「そういう問題じゃない。君に、そんなことをやらせるわけにはいかない」

「私は専務のためなら、それくらい平気ですから！」

「君が平気だからとか、そういう問題じゃない」

「なにが問題なんですか？　美亜さんもやっていることですよ？」

彩未が不思議そうな顔で訊ねてきた。

「なにが問題って……」

湊は、言葉に詰まった。

「あんな品のないことを、『スターカラット』のエース候補にやらせるわけにはいかない」

湊は、大義名分を絞り出して言った。

本当の理由でないことは、湊自身が一番よくわかっていた。

「エース候補と言って頂けるのは嬉しいですけど、負けたら意味がありません！　私は、専務に勝ってほしいんです！　専務のためなら、品があってもなくてもどんなことだってやります！」

彩未が、熱く潤む瞳で湊をみつめてきた。

「だからって、参加者の股間にタッチさせたり胸を触らせたり、そんなことを……」

「私は専務に勝ってもらいたいから、フェラ抜き百人の企画だって受けたんです！　百人の参加者のフェラをすることが大丈夫で、どうしてこれがだめなんですか!?」

彩未が納得いかない、といった表情で訴えた。

「どうしてって……それは、作品とイベントの違いだ。作品で参加者と絡むからって、イベントで絡んでも大丈夫っていうのは話が違う」

湊は平静を装い言った。

嘘ではない。

ただ、それとは別の理由があることを湊は知っていた。

「イベントに勝つためじゃなければ、作品でも断ってました！　それなのに……イベントで負けてしまったら、なんの意味もありません！　専務のためにも、やらせてください！」

彩未の潤む瞳が、苦しかった。

君のため……。

喉元まで込み上げた言葉を、湊は呑み下した。

言ってはいけない言葉……抱いてはならない思い。

「とにかく、やらせられないものはやらせられない。ほかの策を考えるから、僕を信じて戻ってくれ」

湊は彩未の肩に手を置き、諭し聞かせるように言った。

「これだけは、覚えておいてください。専務のためなら、なんだってできるということを」

彩未が思いを込めた瞳で、湊をみつめた。

「ありがとう」

湊は、さりげなく視線を逸らした。

これ以上、彩未とみつめ合っていると、言ってはならない言葉を口にしてしまいそうだった。

プロデューサーとして、絶対に口にしてはならない言葉……。

「じゃあ、頑張ってきます！」

彩未は苦しくなるほど無垢な笑顔で言い残し、フロアに戻った。

「どうして、スペシャルタイムをやらせないんですか？」

彩未と入れ替わるようにバックヤードに入ってきた将司が、怪訝そうに訊ねてきた。

「聞いてたのか？」

「すみません。立ち聞きする気はなかったんですが……。彩未があぁ言ってるんですから、やらせましょうよ！　もう気づいていると思いますけど、彩未は花宮さんのことが好きです。花宮さんのためなら、言葉通りなんだってやると思います。美亜と同じサービスをやらせたら、すぐに巻き返せますよ！　ウチもＰＲ動画で告知しましょう！」

将司が力を込めて言った。

「彩未の俺にたいする気持ちを利用しろというのか？」

湊は将司を見据えた。

「ええ、この際、利用すべきです！　美亜の参加者は、どんどん増え続けてます。いま終わったら、逆に数百人の差をつけられて負けちゃいます！　それに、無理やりやらせるわけじゃないですし、彩未本人がやりたいと……」

「プライドはないのか!?」

湊は厳しい口調で将司の言葉を遮った。

「プライドですか？」

将司の表情に訝しさが増した。

「ああ、そうだ。勝つためなら女優にどんな下品なことをやらせてもいいのか？」

そのプライドとやらは、お前にはあるのか？

彩未にスペシャルタイムをやらせないのは、本当にプライドだけが理由なのか？

「そうは思いません。でも、いまは言わば非常事態です！　プライドも大事ですが、負けたらすべては終わります！　それに、彩未も言ってたじゃないですか？　フェラ抜き百人企画を受けたのも、花宮さんを勝たせたいからだって。いまさら品がどうとかプライドとか言われても、彩未だって納得できませんよ。花宮さんがそういう考えなら、フェラ抜き百人企画で参加者を釣ることもやめるべきだったと思います」

将司が毅然とした態度で言った。

わかっていた。

自分が一番、矛盾しているということを。

わかっていた。

あのときはＯＫを出し、今回はＮＧを出した理由を。

「とにかく……」

『いま別の列に並んでいる参加者様も、カウントされるまでは列移動はＯＫです！隣の列に並んでいる参加者様も、こちらの列に並べば甘井美亜のスペシャルタイムを受けられます！』

フロアから聞こえてくるキラの声に、自分が蒼褪めているのがわかった。

湊はバックヤードを飛び出した。

「なっ……」

湊は絶句した。

凍(い)てついた視線の先——彩未の列に並んでいた参加者が、旱魃(かんばつ)地からオアシスを求めて大移動するヌーの群れのように美亜の列に移動していた。

信じられないことに、五百人以上並んでいた彩未の列には百人も残っていなかった。

一方の美亜の列は、もとから増え続けていた参加者に彩未の列から移動した参加者が加わり、千人近くに達しているように見えた。

彩未は顔を強張らせながらも、懸命に笑顔を作り残り少なくなった参加者に対応していた。

湊はセンサーカウンターに視線を移した。

彩未が千二百二十人、美亜が千四百六十七人。

逆転された上に、二百人以上の差をつけられていた。

スペシャルタイムを取り入れた美亜の勢いだと、再逆転どころかどんどん差は開く一方だ。

足が震えた……心が震えた。

どうすればいい？　どうすればいい？　どうすればいい？

背筋を這い上がる焦燥感——迫りくる絶望感。

「嘘……」

隣では、将司が蒼褪めて言葉を失っていた。

「専務！　私にもスペシャルタイムやらせてください！」

ブースから飛び出してきた彩未が、涙目で訴えてきた。

「戻るんだ」

湊は無表情に言った。

「このままでは、負けてしまいます！　お願いです！　やらせてください！」

「聞こえなかったのか？　戻るんだ」

湊は抑揚のない口調で繰り返した。

「私は専務に勝って……」

「僕のことを本当に思ってくれているのなら、いまは言う通りにしてくれないか？」

湊は彩未をみつめ、思いを込めて言った。

「……わかりました」

彩未が消え入るような声で言うと、踵を返した。

「彩未をサポートしてやってくれ」

湊は将司に言った。

「本当に、やらせなくていいんですか!?」

追い詰められた表情で、将司が訊ねてきた。

「彩未に言った通りだ」

湊はまた抑揚のない口調で言った。

「手を打たなければ、百パーセント負けてしまいます！　負けたら、花宮さんも彩未も『南斗企画』に移籍しなければならないんですよね？　彩未の人生もかかっているんですよ!?」

将司が強い口調で食い下がった。

「そうなったら、俺だけ行くように交渉するから心配するな」

湊は言った。

最悪、朝田リオの遺書と交換の条件で交渉すれば大河も湊の要求を受け入れるしかないだろう。

本来、朝田リオの遺書は、彩未がイベント対決に勝っても大河が約束を反故にしてきた場合の保険として使うつもりだった。

それが、どうだ。

負けたときの約束の一つを免除してもらうために、使うことになるとは……。

「俺はどうなるんですか!?　花宮さんに憧れてこの世界に入って、花宮さんの背中を追い続けてきて……」

将司の言葉が嗚咽に呑み込まれた。

湊は将司の肩に手を置いた。

「ありがとうな。でも、まだイベント対決は終わってないから」

湊は将司に頷いてみせた。

「花宮さん……」

将司の瞳に涙が滲んだ。

「彩未が一番つらいはずだ。早く、サポートしてやってくれ」

湊は笑顔で言った。

「生意気言って、すみませんでした。そうですよね！　まだ、戦いは終わってませんよね！　ラスト三時間弱、頑張ってきます！」

将司が泣き笑いの表情で言うと、身を翻して駆け足でブースに戻った。

『まだイベント対決は終わってないから』

胸に込み上げる罪悪感――わかっていた。
すでに、勝負付けが済んでいることを……。
なにより心苦しいのは、敗北の原因が湊自身にあることだった。
湊を信じてついてきてくれた二人を、自らの手で地獄に送ってしまった……。
湊は眼を閉じた。
闇が広がった。
湊には、もう一つ、わかっていることがあった。
眼を開けても、闇が消えないことが……。

12

二時間前まで参加者で溢(あふ)れ返っていた無人のフロアの中央に、湊は立ち尽くしていた。

将司には、彩末を家まで送る口実をつけて帰らせた。

一人になって、自責の声に耳を傾けたかった。

今後の身の振りかたも考えたかった。

『南斗企画』に行きたくないとか、そういう次元の問題ではなかった。

自身が敗北のA級戦犯であることが明らかである以上、「スターカラット」に残る気にもならなかった。

「スターカラット」に入社以来、常に言い聞かせていた。

商品に気持ちを入れてはならない。

商品に気持ちを入れてしまった瞬間に、商品として扱えなくなってしまう——商品価値がなくなってしまう。

十年に一人の逸材……彩末の商品価値を奪ったのは湊だ。

スカウトマンとしては、最もやってはいけないことをやってしまった。

三百人……いや、四百人、もしくはそれ以上かもしれない。

これまでに、言い寄られた女優の数だ。

その中には、心が動きそうになった女優もいた。

封印した。

心の奥底……深く、深くに、私的な想いを沈めた。

人類学者のヘレン・フィッシャーの説によれば、恋愛感情は脳内物質のドーパミンの影響で三年から四年しかもたないという。

五年以内で冷める感情に溺(おぼ)れて、十億円以上の利益をもたらすかもしれない商品を無価値にする愚か者にはなれなかった。

「一万人くらいか？」

不意に、声がした。

湊は眼を開けた。

大河が、両手に持った缶ビールのうちの一本を湊に差し出してきた。

「いえ、結構です。それより、なにがですか？」

湊は訊ねた。

大河はキラや美亜とともに三十分前に帰ったはずだった。

今後の話については、大河のほうから電話がくることになっていた。

「もっと強い酒じゃないと酔えねえか」

大河は湊の質問には答えず、床に腰を下ろすと缶ビールのプルタブを引いた。

「質問の答えに……」

「お前が脱がせた女優の数だ」

湊を遮り、大河が言った。

「数えていませんが、それくらいにはなると思います。それが、なにか？」

大河の質問の意図が摑めなかった。

いや、戻ってきた目的がわからなかった。

「ようやく、理性じゃどうにもならねえ女と出会えたってわけだ」

大河は意味深に言うと、缶ビールを喉に流し込んだ。

「なんのことです？」

湊は惚けてみせたが、内心、動揺していた。

「その女のせいで、お前は勝負に徹することができなかった。俺も、出会ってみてぇな。仕事に支障を来すほどの女に、途方に暮れたガキみてえにグジグジするほどの女によ」

大河の言葉に、湊は思わず声を漏らしそうになった。

心を見透かされていることに、湊は驚きを隠せなかった。

「わざわざ、そんなわけのわからないことを言いに戻ってきたんですか？」

皮肉を口にするのが、精一杯だった。

「俺の洞察力の鋭さは、お前もよく知ってるだろうが」

「だから、なにを……」

「お前のフェラ抜き百人企画の餌に対抗して、スペシャルタイムをやることは計画通りだった。だが、最初は、ラスト一時間で仕掛ける予定だった。ギリギリの時間にしたのは、お前がパクって清水彩未にタッチサービスをやらせても、新たな参加者が駆けつけるのが間に合わねえようにするためだ。ウチはＰＲ動画で数時間前から緊急告知していたから、一時間でもかなりの参加者が見込めた。本音を言えばもっと長い時間やりたかったが、そうなりゃ清水彩未の参加者も間に合うからな。だが、俺は予定を変えてサービスタイムの時間を早めた」

大河が言葉を切り、湊を見上げた。

どうしてですか？　とは訊かなかった……訊けなかった。

「俺が時間を繰り上げた理由は、わかってるよな？　お前が、絶対にパクらない……いや、パクれないとわかったからだ」

「いつから……ですか？」

湊は大河の隣に腰を下ろし、掠れた声で訊ねた。

覚悟を決めた。

「ブースに行ったときだ。お前が清水彩未を見る眼差しで、すぐにわかった。瞳の温度が高過ぎるってな。あの眼は、女優を見るときの眼じゃねえ。女を見るときの眼だ」

大河は言うと、缶ビールを呷った。

返す言葉がなかった――大河に完全に見抜かれていた。

湊自身も元スカウトマンなので、女優と女を見る眼の違いはすぐにわかった。

「フェラ抜き百人企画で参加者を集めるくらいだから、清水彩未を女として見てるってことは絶対にねえと思っていた。企画を立てたときは、てめえの気持ちに気づいていなかったのか誤魔化していたのかわからねえ。わかっているのは、一、二ヶ月の間にお前の心に変化があったってことだ。いや、気づいたって言うほうが正しいかもしれねえな」

なにからなにまで、大河の言う通りだった。

フェラ抜き百人企画を立てたときも、彩未にたいしての特別な想いにはうっすらと気づいていた。

だからこそ、難色を示す将司を押し切り企画を実現したのだ。

もちろん、大河に勝つのが目的だった。

同時に、彩未は単なる商品だということを自らに言い聞かせるために……。

だが、湊の意思とは裏腹に、彩未への想いは日増しに募っていた。

確信したのは、美亜のスペシャルタイムが始まったときだ。

残り時間が三時間近くあったので、すぐにやり返せばかなりの参加者を動員できるという考えが頭を過ったが、それを実行することはできなかった。

彩未が直訴しても、それは同じだった。

彩未にスペシャルタイムをやらせなければ確実に負けるということがわかっても、湊はゴーサインを出せなかった。

「彩未が美亜さんに負けたのではありません。僕が大河さんに負けたんです」

湊は切り出した。

それを言って、どうなるものでもない。

ましてや、結果が変わるわけでもない。

「わざわざ、そんな無意味なことをアピールするなんざ、本気で惚れてるみてえだな」

大河がニヤついた顔で、湊に缶ビールを差し出してきた。

今度は受け取り、プルタブを引いた。

「女優に惚れても女に惚れるな。お前が『南斗』に入ったときに、俺が釘刺してやったのに馬鹿な野郎だ」

大河が笑いながら言った。

不思議と、馬鹿にされた気はしなかった。

「大河さんは、僕より業界長いですよね？　好きになった女優はいないんですか？」

湊は無意識に訊ねていた。

考えてみれば、大河のプライベートを湊はほとんど知らなかった。

既婚か未婚かも聞いたことはない。

「いねえよ。女優どころか、一般の女も含めてだ」

「じゃあ、この業界に入ってから、いままでつき合った女性はいないんですか?」

湊は驚きを隠せずに、思わず訊ねた。

「ばーか! 女は切らしたことねえよ。いまの女も、三年目だ」

大河が吐き捨てるように言った。

「えっ、でも、好きになった女性はいないって言いませんでした?」

「お前は、つき合った女はいねえか訊いてきたんだろう? 俺は、人生で心動かされた女はいねえって言ったんだ」

大河が事もなげに言った。

信じられないという思いと、大河ならありうるという思いが交錯した。

「さすがですね。どうしたら、そんなふうに心をコントロールできるんですか?」

話を合わせただけでなく、本当に知りたかった。

湊が克服できなかったことを、大河はどういうふうに乗り越えたのかを。

「あ? コントロールなんかしてねえよ。AV業界に足を踏み入れた時点で、日本中の女が飯の種にしか見えなくなった。お前、渋沢栄一(しぶさわえいいち)にマジに恋愛できるか?」

真顔で問いかけてくる大河に、湊は衝撃を受けた。

「僕が負けたのも納得です。あの、一つだけお願いがあります」

湊は切り出した。

湊が大河の軍門に降るのは仕方がない。

だが、自分のせいで負けさせてしまった彩未を巻き込みたくはなかった。

「なんだ？　俺に抱かれたくなったか？」

大河が冗談めかして言った。

「『南斗』に行くのは、僕だけにしていただけませんか？　その代わり、精一杯、大河さんのために……」

「ふざけんじゃねえ」

大河が険しい顔で遮った。

予想通りだ。

やはり、切り札……朝田リオの遺書を出すしかないようだ。

「いまの腑抜けなお前がきても、足手纏いなだけだ。ウチにはキラを始めとして、優秀なスカウトマンが揃ってる。あの女とくっつくかすっぱり切るかして、もう一度挑んでこい。宙ぶらりんな状態のお前なんか、喰う気にもならねえよ」

大河が突き放すように言った。

「えっ……」

まったく予想していなかった大河の言葉に、湊は絶句した。

「それを言いにきた。じゃあ、俺は帰るからよ」

大河が立ち上がり、缶ビールを宙に掲げた。

湊も立ち上がり、大河の缶ビールに缶を触れ合わせた。

「次に戦うときまでに、もっと喰らい甲斐のある男になれや」

大河は言い残し、缶ビールを飲みながら出口に向かった。

十年以上、誤解していたのかもしれない。

大河という男を……。

湊は小さくなる大河の背中に、頭を下げた。

エピローグ

「志望動機は？」

「やったことのない、新しいことにチャレンジしたくなったんです」

「親バレはOK？　NG？」

「勘当されちゃいます！」

「彼氏とのセックスはどのくらいの頻度？」

「週に二、三回です」

「体位はなにが好きでなにが嫌い？」

「好きな体位は騎乗位で、苦手な体位は……アナルとかじゃないなら、とくにありません」

　スマートフォンが震えた。

「ちょっと、ごめんね」

彩未は応募者に断りを入れ、スマートフォンのディスプレイに視線を移した。

「すぐに戻ってくるから」

彩未は腰を上げ、オーディションフロアを出た。

彩未は廊下を挟んだドアをノックし、レバーハンドルを下げた。

「どうしたの？　面接中なの、知ってたでしょ？」

彩未は言いつつ、窓際のデスクに歩み寄った。

「勤務中は社長とチーフスカウトマンだ。敬語を使ってくれないか？」

湊がデスクチェアから立ち上がりながら言った。

「はいはい。で、なんの用でしょう、社長様」

彩未はクスクスと笑い、ふざけた口調で言った。

「まいったな。スタッフの前ではイジメないでくれよ」

湊が冗談めかして言った。

「ところで、急ぎの用？」

「ああ。イベント対決の日程が決まった」

「いつ!?」

彩未は食い気味に訊ねた。

ついに、きた。

あの屈辱の日から二年……この日がくるのを、指折り数えて待っていた。

最愛の男性のリベンジの日を……。

「半年後……条件はデビュー前の新人だ。正直、いまいる中に、二年前の君レベルの新人はいない」

「あら、私レベルを探すのは永遠に無理よ。なんてね」

彩未は舌を出した。

「マジな話、三ヶ月で原石を発掘してほしい。そこから仕込んで、ギリギリ間に合うかどうかだ。できそうか？」

湊が真剣な表情で彩未をみつめた。

「我が社『シンデレラデビュー』が、『南斗企画』と『スターカラット』を追い抜いて業界一位になるためには、やるしかないでしょ！」

彩未は力こぶを作ってみせた。

湊が無言で、掌を上に向けた右手を差し出してきた。

掌には、「ヴァン クリーフ＆アーペル」のリングケースが載っていた。

「半年後、大河さんに勝ったら君にプロポーズするつもりだ」

湊が照れ臭そうに言った。

「……うん、必ず勝とうね。プロポーズの返事は、勝ってから考えるけど」

彩未は、泣き笑いの表情で冗談を返した。

「断られても、絶対に離さないから」

湊がデスク越しに彩未を抱き締めてきた。

いきなり、ドアが開いた。

彩未は弾かれたように振り返った。

「社長！　すごい原石を発掘しま……」

駆け込んできた専務の将司が、抱擁する二人を見て息を呑んだ。

「また、出直します！」

慌てて、将司がドアを閉めた。

「あの馬鹿。変な気遣いより原石の報告が最優先だろ。頼むよ」

湊は苦笑しながら、彩未に言った。

「かしこまりました！　社長様！」

彩未は湊の唇に素早くキスをし、社長室を飛び出した。

本書は、「小説幻冬」（二〇二四年三月号～二〇二四年十一月号）
の連載に加筆・修正した文庫オリジナルです。

幻冬舎文庫

●好評既刊
悪の華
新堂冬樹

シチリアマフィアの後継者・ガルシアは仲間に裏切られ、家族を殺された。復讐を胸に祖母が生まれた日本へ。金を稼ぐために極道の若頭・不破の暗殺を請け負う……。凄絶なピカレスクロマン!

●好評既刊
聖殺人者
新堂冬樹

新宿でクラブを営むシチリアマフィアの冷獣・ガルシアは、シチリアの王・マイケルから最強の殺戮者を放たれ、暴力団も交えた壮絶な闘争に巻き込まれた……。傑作ノンストップ・ミステリー!

●好評既刊
ブラック・ローズ
新堂冬樹

視聴率至上主義のテレビ業界で、父親を自殺に追い込んだドラマ界の帝王・仁科を蹴落とすため、女性プロデューサー・唯は、情も倫理も棄てて暗躍する……。珠玉のノンストップ・ミステリー!

●好評既刊
毒蟲(ドクムシ)VS.溝鼠(ドブネズミ)
新堂冬樹

別れさせ屋・大黒は復讐代行屋・鷹場に恋人との仲を引き裂かれ、深い怨念を抱いていた。そんな大黒に鷹場を逆襲する機会が訪れる。壮絶な戦いが再び始まった……。傑作痛快クライムノベル!

●好評既刊
悪虐
新堂冬樹

最愛のサキが癌で余命を宣告され、修次の凄まじい凶行が始まった。いたいけな少年の顎をライターで炙り、無垢な少女を家族の前で凌辱する。その刃は、恩人にも……。血塗られた超純愛小説!

幻冬舎文庫

●好評既刊
東京バビロン
新堂冬樹

誰もが羨む美貌とスタイルを誇る音菜は人気絶頂のモデルだったが、トップの座と恋人を後輩に奪われた。音菜は塩酸を後輩の顔に投げつける……。疾走する女の狂気を描ききる暗黒ミステリ！

●好評既刊
不倫純愛　一線越えの代償
新堂冬樹

夫への愛情を失った四十歳の香澄が、二十七歳のダンサーと出会う。隆起した胸筋やしなやかな指先――肉体に惹かれて一線を越えるも、夫の激しい抵抗に遭う……。エロス・ノワールの到達点！

●好評既刊
夜姫
新堂冬樹

花蘭は男たちを虜にするキャバクラ界の絶対女王だが、乃愛にとっては妹を失う原因を作った憎き女だ。復讐のため、乃愛は昼の仕事を捨て、虚と実、嫉妬と憎悪が絡み合う夜の世界に飛び込む。

●好評既刊
仁義なき絆
新堂冬樹

児童養護施設で育った上條、花咲、中園。結束は家族以上に固かったが、花咲が政府や極道も一目置く宗教団体の会長の孫だった事実が明らかになり、組織の壮絶な権力闘争に巻き込まれていく。

●好評既刊
ろくでなしとひとでなし
新堂冬樹

コロナ禍、会社の業績が傾いて左遷されそうな佐伯華は、売り上げが落ちた食堂を営む父に金を無心されていた。マッチングアプリで財閥の御曹司に狙いを定めて、上級国民入りを目指すが……。

1万人の女優を脱がせた男

新堂冬樹

令和6年12月5日　初版発行

発行人――石原正康
編集人――高部真人
発行所――株式会社幻冬舎
〒151-0051東京都渋谷区千駄ヶ谷4-9-7
電話　03(5411)6222(営業)
　　　03(5411)6211(編集)
公式HP　https://www.gentosha.co.jp/

印刷・製本―中央精版印刷株式会社
装丁者――高橋雅之

検印廃止

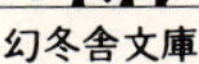

幻冬舎文庫

ISBN978-4-344-43438-7　C0193　し-13-27